JN246120

リルケ詩集

片山敏彦 訳
若松英輔 解説

亜紀書房

序

ライナー・マリア・リルケの生涯と作品とは、独自の爽やかな薫りを漂わしている。最初それは、ボヘミアの都の、夜明けの空へためらいがちに立ちのぼる夢の歌である。それはむしろ弱々しくさえ見える孤独な独り言のようである。しかもやがて彼の詩は一木の樹のように、独自な魂の力の空へと成長する。リルケは自分の魂に聴き入りながら、その魂に映っている存在と生とに深く聴き入る。彼は生活の根を存在の深く暗いみなもとに養いながら、魂の樹液を空に向って掲げる。そして枝が空の光に触れるところに「詩」の花を咲かせる。

リルケは言った――「大きな世界が、自己の衷(うち)にはいって来ると、世界は海のように深くなる」と。人間の魂とは「大きな世界」――自己を超えている、謎に充ちた存在――を、自己において「海のように深い」ものにする力であり、そしてまたこの深さの中から創造する力であるとも言えるだろう。

リルケの生涯とその詩とは、気品においてニーチェを想わせることがときどきあるが、ニーチェよりは一層虔ましく一層純粋な詩人であった。彼は常にその作品に純粋な結晶体を追求した。しかしその澄明な結晶体は、それが澄明であればあるほどかえって無限な・説明しがたい・幽玄な余韻の交響を起すものでなければならず、それは、まことの浪漫性を生み「生」のちからを精妙に音楽的に促進させるようなあたらしい古典的形姿でなければならなかった。

リルケは苦悩の体験をも慈しみに変容させる静けさの詩人であった。そしてその静けさは、神々しい祝祭の前夜の星空のようであり、あるいは早春の森のようであった。

愛と死と神との問題はリルケの全生涯にわたる中心的な問題であった。しかし彼は詩人であったから抽象概念によって論じはせず、象徴と暗喩とを用いつつこれらの問題の中をくぐり、「生きること」への視力を深め強め豊かにし新鮮にした。この視力は、体験がリルケによって点火され、この火が彼の行くてを照明したその場所に生まれたのである。リルケが人生の大きい諸問題に成熟するにつれて、彼が現実の一見ささやかなものの中に深い意味と美しさとを発見しはじめた消息の秘義もそこにある。

詩と倫理、詩と宗教、詩と人間学（アントロポロギー）、詩と現象論などの接触点もまたそこに在ると私は思う。

晩年のリルケには、悲しみと呼ばれるものも死と呼ばれるものも新しい輝きに照らされて見えた。カロッサがリルケの詩の特徴を――「嘆き（クラーゲ）の調子を含んでいる頌歌（ほめうた）」と表現したのは適切な評語である。哲学者のハイデッガーはリルケの『ドゥイノの悲歌』を初めて読んだとき――「私が哲学的思索の道で考えているのと同じことをリルケは詩で表現している」と言ったそうであるが、この哲学者の感想の当否如何はしばらく措き、リルケが詩作の道によって人間の新しい実在感情に美しさと力と豊かさとを掘り起したことはいちじるしい事実である。かくして孤独な、夢みがちな一人の詩人の世界が、いつのまにか多くの人々の内生活にきわめて切実な性質の関わりを持つようになったのである。

凡例

原詩はインゼル社版の Rainer Maria Rilke: Gesammelte Werke（1927）、及び Späte Gedichte（1935）により、リルケ自作のフランス語詩篇は Maurice Betz 編の Rilke: Poésie（Émile-Paul, 1938）により、Lou Albert-Lasard のための詩は、彼女自身の編訳に成る Rilke:Poèmes（nrf. 1937）によった。

元来リルケの詩集は連作的な性質のものが多い。その中から選んで一冊の訳詩集を編んでみると、今度は詩の一つ一つが独立した性質を持って来るため選詩集としての均衡上、原詩集の詩の配列をいくらか変更した箇所が二、三ある。例えば一四七頁の詩「私は成りたい……」は、もと『初期の詩集』中の一篇である。また『時禱詩集』の中からの詩も、一、二、原本の順序とは変えて並べることをあえてした。

リルケ詩集

Die Welt ist gross, doch in uns wird sie tief wie Meersgrund.

Rilke: *Die weisse Fürstin*

世界は大きい。しかも世界はわれらの裏（うち）にはいって来ると、
海のように深くなる。

リルケの劇詩『白衣の妃』より

目次

『形象詩集』より
（一八九九－一九〇五）

『時禱詩集』より
（一八九九－一九〇六）

Aber weil Hiersein viel ist, und weil
uns scheinbar
alles das Hiesige braucht, dieses Schwin-
dende, das
seltsam uns angeht. Uns, die Schwindend-
sten. Ein Mal
jedes, nur ein Mal. Ein Mal und
nicht mehr. Und wir auch
ein Mal. Nie wieder. Aber dieses
ein Mal gewesen zu sein, wenn auch nur
ein Mal:
irdisch gewesen zu sein, scheint nicht
widerrufbar.

リルケの筆跡。『ドゥイノの悲歌』の一部。

中部ボヘミアの風景

浪うってつづく　いくたの森の
翳(かげ)さす縁(へり)が　遥かに霞み、
此処(ここ)や彼処(かしこ)で　立木の姿が
たけ高い穂の麦畑の　淡黄色(うすきいろ)い拡がりを縦に切る。
いとも明るい光の中で
馬鈴薯が　芽吹いている。そして
少し向うには　大麦の畠。それからこの景色を仕切る
大きな森、樅(もみ)の樹の森。
若葉の森の上高く

金紅の色も濃く　寺院の塔の十字架が見えて輝く。
赤針樅(あかはり)の樹立から　聳(そび)えているのは山番の小屋――
その上に
ぴかぴか青い　空の円屋根。

Mittelböhmische Landschaft

落日の最後の挨拶

ベネシュ・クニュップファーの絵に添えて

けだかい太陽(ひ)は　溶け入った
こんなに熱く溶け入った、白い海へ。——
二人の僧が　海ぎわに坐っていた、
ブロンドの若い僧と老僧と。

老僧は心の中で思っていた——「やがて自分も憩うのだ。
あんな風(ふう)に平安に——」
ほかの一人は思っていた——「こんな光栄の輝きを

自分の死に贈られたい」と。

民謡

ボヘミアの民謡は
僕をひどく感動させ
心の中へ忍び込んで
心を重く悲しくする。

一人の子供が、馬鈴薯畠の雑草を抜きながら
おだやかに歌っているのを聴くと
その歌が　後(あと)で
夜(よる)の夢の中でも聞えるのだ。

国を出て
遠いところを旅していても
永い年月(としつき)が過ぎた後に
またしてもふと思い出す。

Volksweise

冬の朝

滝が凍って流れない。
鳥らは　池の水（み）ぎわにうずくまり
わが佳（よ）き人の耳は紅（あか）い、
かの人は工夫している、何か面白い悪戯（いたずら）を。

太陽（ひ）が僕たちに口づけする。夢みがちに
短調（モル）のひびきが樹々の枝間（えだま）を流れている。
そして僕らは前進する。——からだ中が
朝の力の芳香でいっぱいになって。

Wintermorgen

夜となりて

プラーハの都の上に　大きく広く
夜(よる)は早や咲き出でぬ、花のごとくに。
昼の光は蝶のごとく　その輝きを舞い納めて
夜の涼しき花のふところに隠しぬ。

空高き月は　狡(ずる)き矮人(こびと)のごとき歪(いびつ)なる笑を洩らし
銀の光の鉋屑(かなくず)の
房のかずかずを
モルダウの流れに撒く。

やがてにわかに腹立ちし身振りして
月は　光の筋を回収す、
そは　己れの敵手(てきしゅ)に気づきしゆえに、
——塔の時計の　明るき円板に気づきしゆえに。

万霊節

I

万霊節の一日は　あたりの様子が
悲しみと　花の薫りに充ちている、
そしてたくさんな色とりどりの蠟燭の灯（ひ）が
奥津城（おくつき）どころから　大気の中へと燻（くすぶ）り燃える。
人々は今日（きょう）　棕櫚（しゅろ）の枝と薔薇の花とを供える。
園丁が　それらをふさわしく飾る。——

そして信仰を持たずに死んだ人々の片隅の墓へは
旧い、すがれた花を廻わす。

II

「さあ、お禱(いの)りするんだよ、ヴァリー——余計なおしゃべりはおよし！」
眼なざしを大きく見張って男の子は　父の言いつけどおりにする。
父は木犀(もくせい)の花環を
妻の貧しい奥津城に置く。
「お母さんはここで眠っているのだよ！　さあ十字の印(しる)しをおし！」
小さなヴァリーは眼を挙げて、いいつけどおり
十字の印しを胸の上で切る。ああ、今では悔いられる

路々(みちみち)笑い声を立てて来たことが！

Ⅲ

何だか眼の辺(へん)がちくちくする——泣くときみたいに……
それから彼らは夜(よる)の中を　家路につく、
ほんとにまじめに　おし黙って。やがて墓場を出はずれると
急に店屋の立派さが　ヴァリーの心をそそのかす。

十一月の霧の中から　ヴァリーに向って光っている、
きらびやかな　かずかずの品。
小さな馬、兜、サーベルが眼を惹くのだ、
ヴァリーはそっと　父親の手に口づけする。

父には子供の心が判る。　それから二人は行き過ぎる……
父の顔つきはひどく悲しげだ。――
それでも　胡椒菓子の騎馬人形を一つ
ヴァリーは重そうにかかえながら　大喜びで帰り着く。

菩提樹の初花が

菩提樹の初花が
ひっそりと　風に散り
私の心におおけなく早くも浮ぶ幻
それは　樹翳の緑に染んで坐っている君の姿。
初めての母の仕事にいそしんで
みどり児の肌衣縫う君の姿。

針の手留めず歌う君のうたは
五月の中へひびき入る――

花咲け、花咲け、花咲く樹、
親しい庭の奥で咲け、
花咲け、花咲け、花咲く樹、
わたしはここで待っている
こよなき夢の充ちるのを。

花咲け、花咲け、花咲く樹、
夏には実りが豊かだろう。
花咲け、花咲け、花咲く樹、
私は着ものを縫っている
太陽（ひ）の輝きも縫い込んで。

花咲け、花咲け、花咲く樹、
実りのときはやがて来る、
花咲け、花咲け、花咲く樹、
わたしの大事（だいじ）なあこがれの
意味（こころ）を告げよ、花咲く樹。

君は歌う、縫いながら。
その歌こそは　五月そのもの。

その樹の花は咲くだろう、
どの樹々よりも際立って。
君の縫うその着ものは
晴れ晴れとかがやいて、

最後の一つの明りが消えた。

Die Mutter

ときどき母は思う

ときどき母はこう思う――「ほんとに人生は大きなものだ。
逆巻く波よりもっと激しく
樹々吹く嵐にまさって荒い。」
そして母は　静かに時間を手放して
心を夢にゆだねるのだ。

それから急に気がつくと　一つの星が照っている、
ひそやかな景色の上に照っている。
自分の家のどの壁も、月の光でまっしろだ――

そうして母はこう思う――「人生は遥かな、珍しいものだ。」
それから両つ(ふた)の手を合わす、齢(よわい)の痕(あと)の濃くなる手を。

Manchmal fühlt sie

たとえば私は

たとえば私はこんな気もちだ——小さな家が私の所有（もの）で
その家の入口に、私は坐っている、日の暮に。
そのとき、菫（すみれ）いろに見える枝々のうしろへ
赤い夕日が沈んで行き
絶え絶えのこおろぎのすだきは提琴（ていきん）のように鳴る。

緑を帯びたびろうどの頭巾のように
わが家は、苔蒸（こけむ）す屋根をかぶっている。
そして、厚い窓わくのある、光る鉛を被（き）せてある

小さな窓は夕映えて、熱い挨拶を
消えてゆく昼の光に贈る。

私は夢み、わたしの眼なざしは
早くも延びた、ほの白い星々のほうへ。——
村からは　晩禱（ばんとう）の鐘がおずおず響き
そして　迷った蛾が一つ
雪と輝くジャスミンの枝のあいだでよろめいた。

疲れた群の羊たちが　小きざみに通りすぎ
牧童が口笛を吹いた——
そして頭を　たなごころに埋めて
私は感じた、祝祭の宵が

わが魂の絃（いと）を掻き鳴らすのを。

黄いろなる薔薇（ばら）の花

黄いろなる　この薔薇を
昨日（きのう）　かの少年がわれに与えき。
この同じ薔薇を　今日（きょう）携えて
わが行くは　少年の　新しき墓。

見よ、葉に今も　ここだくの
しずく懸（かか）れり、
今日これは涙のしずく、
きのう　そは朝露なりし。

Die Rose hier, die gelbe,

たとえば私は

たとえば私はこんな気もちだ。声高な、病んでいる
世界が　突如砕かれて　飛び散ったかのような。
そして私の胸の中には唯だ
思想の形としての世界だけが残っているような。

なぜなら、今　世界は　私が考えていたままの姿に成っている。
あらゆる分裂の狂乱が　けし飛んで、
我が周りには　緑の森の親しみ深い落ちつきが
金色の日の翼に乗って　ゆるやかに揺れている。

Mir ist: Die Welt*, die laute, kranke,*

夜(よる)が薫りに重く

夜が薫りに重く　公園(にわ)にひろがり
夜の星々は　ひっそりと眺めている、
早くも月の白い小舟が
菩提樹(リンデン)の梢に上陸しようとするさまを。

噴水のひびきが遥かに歌っている、
永いこと忘れていたお伽噺(とぎばなし)をうたっている、——
それから林檎が　かすかな音を立てて落ちる、
揺れ止(や)んでいる　丈の高い草の中へ。

夜の風が　近くの丘から吹いて来て
碧（あお）い蝶のつばさに載せて
若い葡萄酒の重たい薫りをはこんで来る、
立ち並ぶ槲（かしわ）の老樹のあいだを抜けて。

Die Nacht liegt duftschwer

銀に明るい雪の夜

銀に明るい　雪の夜のふところに
もの皆が　ひろびろとまどろんでいる、
そして今　限りなくはげしい一つの悲しみが
一つの魂の　孤独の中に眼を覚ます。

君は訊く――なぜ　その魂は黙り込んでいるのだ、
なぜそれは悲しさを　夜の中へ
灑ぎ出さないのだ、と。――だが魂は知っている、
悲しみが自分の中から出てしまえば、星がすっかり消えることを。

Im Schoss der silberhellen Schneenacht

夕暮の鐘が鳴る

夕暮の鐘が鳴る。山々からそれは鳴りながら
だんだんくすんだ音に成りながら繰り返し鳴る。
そして緑の谷底から来て涼しい微風（そよかぜ）が
君の周りで羽ばたくのを君は感じる——

牧場の白い泉の中でそのそよかぜが歌っている
子供の禱（いの）りの、片ことのように。
黒い樅（もみ）の林を、その風は吹き抜ける
百歳の齢（よわい）を持つほの明るみででもあるかのように。

遁走曲（フーゲ）のような、一陣の雲の裂け目をつらぬいて
夕暮が、赤い血の珊瑚樹を
巌壁に投げかける——そして光の珊瑚樹は
音もなく弾（はじ）け落ちる、玄武岩のたくさんの肩から。

ブロンドの幸いを

ブロンドの幸いを　私は選びたい、
しかも私は　憧れ求めて倦んでいる——
白い水は　しずかな牧場を流れている、
そして夕暮が、ぶなの樹々の枝間に光の血を流す。

少女らはおもむろに家路を辿り、胸衣につけた
薔薇が紅い。遠くから笑い声が聞えて消える……
そして、またしても一番星が光り初めて、
悲しい思い出が心に戻る。

Möchte mir ein blondes Glück

静かな家の

静かな家の窓々は　夕日の色に照り映えて
庭いちめんに　薔薇の薫りが充ちていた。
白雲の数々の裂け目の上に、高々と
「夕暮」が、不動の大気の中に
翼を張り拡げていた。

鐘の一声（ひとこえ）が　水郷の上に灑（そそ）がれた……
大空からの　呼びかけのように穏かに。
そして私は見た、葉のささやきに充ち満ちた白樺の上に

照り初める星々を、ひっそりと、「夜」が
蒼ざめた世界へ送り出すのを。

不思議に白い夜な夜な

不思議に白い夜な夜なが在る、
そんな夜には　すべてのものが銀色だ。
そんな夜には　星々の淡い光がほんとに優しい。
まるでそれらの星々が、敬虔な牧人たちを
新しい幼な児イエスへ導いてでもいるように。

金剛石の濃い粉（こな）をいちめんに
振りこぼされているようだ、草原も　水の面（おもて）も。
そして夢みがちな人々の心の中へ

礼拝堂の無い或る信仰がさしのぼって来て
秘蹟をしずかに行うのだ。

大きな不思議な花のように

大きな一つの　不思議な花のように煌（きらめ）いて
世界が薫りに充ちている、その花の莟（つぼみ）の上に
とまっている　蒼く光るつばさの蝶、
その蝶が　五月の夜（よる）だ。

身じろぎするものがまるでない。銀いろの触角だけが光る。
それから早くも色褪せた翼にはこばれて蝶は飛ぶ、
朝へ向って飛ぶ、その朝に　蝶は
火のように紅いアスターの花から　死を飲む……

Wie eine Riesenwunderblume

それぞれの情感を深めながら

それぞれの情感を深めながら
一つの甘美な迫力が　心を感動させるのに似て
五月の夜（よる）が　星の光を滴らしながら
静まり返った広場広場を占めるとき

君はひっそりとした足取りで家を出て
星の光る空の蒼さを仰ぎ見恍（みと）れる。
すると　幽暗なたましいが　君のために大きく咲き出でる
はなだいこんの花のように……

Wie, jegliches Gefühl vertiefend,

決して光のうすれない星

朝の日が東の空を隈（くま）どるときにも
決して光のうすれない星々が在るといい。
そんな無類の星々を
わがたましいは　ときどき想う。

こんじきの　夏の一日（ひとひ）の
光を飲んで疲れた眼が
そこへ着きたくなるような
おだやかに輝く星らを想う。

あの高い天体の群の中へ
ほんとうにそんな星らが忍び入って輝いたら、
恋の思いを心に深く秘めている人たちと
そしてすべての詩人たちに神聖な光となるだろう。

O gäbs doch Sterne

聖なるものと私の呼ぶ

聖なるものと私の呼ぶ　一つの追憶が
わたしの心の　一番深い底に照る、
神々の像の　大理石の白さが
聖なる林の仄昏（ほのぐら）い中に輝くように。

その往時（かみ）の　浄福の思い出、
逝きし　あの五月の思い出、――
白い両手に捧げられている香煙、
その側（そば）を　静かなわが日々（にちにち）の生活が通過する……

Ein Erinnern, das ich heilig heisse

Und wie mag die Liebe

「愛」より

愛はどんな風にして君に来たのか？
それは照る日のように、花ふぶきのように来たのか？
それとも　一つの祈りのように来たのか？――話したまえ。

「一つの幸いが　輝きながら空からほどけ落ちて
翼を畳んで、
わたくしの花咲く魂に　大きく懸（かか）ったのです！」

＊

それは白菊の咲いている日だった、
その一日の重々しい輝きに　私はほとんど畏れを感じた。
それから、それから、あなたが来て　私の魂はとらえられた、
深く暗い奥底まで。

私の心は畏れていた。そしてあなたはひっそりと愛らしく来た、——
そのときちょうど私はあなたを夢の中で考えていた。
あなたは来た、そしてお伽噺の歌のように声低く
夜が鳴りひびいた……

⁂

愛する君の眼なざしには
光に充ちた　大きな海が宿る、
夢みるいろいろな姿でできている潮の中から
清らかな心が現われるとき。

すると　その輝きがあんまり大きいので私はふるえる、
クリスマスの樹の煌く前で　二枚の扉が
音もなく両側へひらくとき
思わず佇む子供のように。

Es ist ein Weltmeer voller Lichte

銀にきらめく装いして
夜（よる）が播（ま）く、一握（いちあく）の夢。
その夢が　わが心の奥までを
充ち満たし　私は酔う。

子供たちが、金いろの胡桃（くるみ）と
煌きとで一杯なクリスマスの晩を見るように
私は見る、あなたが五月の夜の中を行き
すべての花々に口づけする姿を。

⁂

日はもう暮れかけていた。森には神秘の気はいが漂い
小牛の足元にシクラメンの花の血の色が燃え
丈高い樅(もみ)の木の枝々が　夕日に赤く照り映えていた。
風が吹くと――重たい薫りが流れて来た。
われらの遠い散歩のため　あなたは疲れていた、
わたしは低声(こごえ)で言った、あなたのなつかしい名を。
すると　あなたの心の　白い百合(ゆり)の種から
熱情の火の百合の花が
強くはげしく悦ばしく　咲き出でた。

夕暮が赤かった。――そしてあなたの口が紅かった、
憧れに熱く　わが唇が見出したその口は。
そして突如とわれらをつらぬいたあの炎は
ねたみ深い着物にも燃えた……
森は静かだった、昼の光は死んでいた。
しかしわれらのために、救い主は復活していた、
死んだ昼の光と共に　ねたみも嘆きも死んでいた。
月はわれらの丘に大きくさし昇り
月の白い小舟から幸福が　ひっそりと降りて来た。

⁂

春の中か　夢の中かで
いつかあなたに遭ったことがある。
そして今　われらは共に　秋の日の中を歩いている
そしてあなたは我が手を取り、そして泣く。

あなたが泣くのは　空走る雲のゆえか？
血のいろのように紅い樹の葉のためか？
私には解ると思う――それは、あなたがかつて幸福だったゆえなのだ、
春の中か、夢の中かで。

Im Frühling oder im Traume

❈

秋の来たのが感じられた。昼の光はいち速く
己れの血にひたりつつ消えていた。
その花だけが夕明りに　名残りの色を燃え立たせた、
かの人の　反(そ)っている帽子の上で。

すり減った手套を穿(は)めた手で
かの人は　静かに親しげにわが手を撫でた——
その細い通りには　二人のほかに誰も見えなかった、
おずおずと彼女は言った——「旅立ちなさる？」「旅に出ます。」

別離の悲しさで一杯な　その小さな顔を

私の外套の布地に深く埋めて　立っていた……
小さな帽子の　薔薇の花が　うなずいていた、
そして夕暮が　もの倦(う)げにほほ笑んでいた。

❈

遠い以前(まえ)のことだ——遠い以前のことだ……
いつだったかは　もう判らない、
鐘の音(ね)が鳴りひびき　ひばりが一羽啼(な)いていた、
そして一つの心が幸(さち)のため　高鳴っていた。
若葉の森の丘の上に　空がきらきら光っていて
リラには花が咲いていた——

ほっそりとした一人の少女が晴着を着て
その眼なざしは　問いの思いに充ちていた……
遠い以前のことだ――遠い以前のことだ……

アドヴェント（降臨節）*

風は　一人の牧者であるかのように
冬の森で　雪片の羊群を駆りたてる、
そしてかずかずの樅（もみ）の樹は予感する、もう間もなく
自分たちが　敬虔になり　クリスマスの灯（ひ）に神々しくなることを。

そして彼らは　外へ聴き入る。雪に白いいくたの路へ
彼らは枝々を差し伸べる——用意して。
そして風にさからいながら　成長する、
輝かしい一夜（ひとよ）をめざして。

＊アドヴェントはクリスマス前の四週間。

Advent

わが戦いとは

わが戦いとは、
憧れに捧げられ浄められつつ
日々(にちにち)をさまよいて進むこと。
かくて　強くまた弘(ひろ)く
数知れぬ我が根もて
生(いのち)を深くつかむこと——
悩みによりてまことに実り
生より
時より　遥か立ち出ずること！

Das ist mein Streit

孔雀の羽

うるわしさたぐいもあらぬ
孔雀の羽を幼なごころに
われ深く愛(め)でにけり
涼しき夜(よ)　子供らの眠れる時刻(とき)に
しろがねに静もる池の
みぎわにてエルフ*のくるる
愛のしるしと　われは思いき。

魔法の杖のおもしろき物がたり

善き祖母は　わがために幾たびか読みたれば
幼なごころの　あどけなく
うるわしき孔雀の羽に
不思議なる力こもると　いつしかに我は思いて
夏草の中に探しき、わが好む妙(たえ)なる羽を。

*自然の妖精。

Phauenfeder

われは好む　神龕（ずし）のマリアを

われは好む、置き忘られしごとく野に立ちて
詮（せん）もなく　人待ち顔の　神龕のマリアを。
また　金じきの明るき髪に花をかざして
心の夢をはぐくむと　さびしき泉へ往く少女らを。

われは好む、日のかがやきに向いて歌い
夕されば驚きのまなこ見張りて星仰ぐ幼な子らを。
また好む、数多（あまた）の歌をわれにもたらす日々（ひび）の昼間を、
さてはまた星あまた　花咲き満つる夜な夜なを。

Ich liebe vergessene Flurmadonnen

心楽しく群れ遊ぶ

君がその往時(かみ)　こころ楽しく群れ遊んだ
子供の一人だったなら　君にはむろん解るまい
どんなに僕が日々(ひび)の昼間を
限りない敵(かたき)のように憎んだかが。
昼間には僕はなじめず　孤独だった。
そしてただ　花の姿のおぼろに白い
五月(さつき)の夜(よる)に深く浸ると　僕はすずろに幸福だった。

昼間には　狭くるしい務めの輪を
虔(つつ)ましくおずおずと僕は搬(はこ)んだ。

しかし夕されば　輪のそとに脱けて出た、ひっそりと。
僕の窓がきしみ鳴ったが
誰もそれには気づかなかった。
憧れの心は一羽の蝶となって
はるばる旅に出かけて行き
遠い遠い星々に　我がふるさとを
ひそかに探して飛びめぐった。

Warst du ein Kind in froher Schar

蟋蟀（こおろぎ）のようにすだくものを

君たちの内部（うち）で　ほんとうにおずおずと
蟋蟀のようにすだくものを君たちは魂だと呼ぶのですか？
道化師の鈴音みたいに拍手喝采を乞い求め
自分の値打ちを他人からもらいたがり、そして結局は
堂の夕べの香（こう）の煙に包まれて貧弱な死を死ぬるもの、
君たちは、それを魂だと言うのですか？

かずかずの星たちが　広大な旅路をつづけているのが見える
あおあおとした五月（さつき）の宵——花吹雪に白い夜（よる）の中を見つめていると

自分の胸の中に　永遠の一片（ひときれ）が宿っているのを僕は感じる。
この永遠の一片が揺すぶり叫んで
高いところへ昇りたがり、星々と共に環のかたちの旅をしたがる。
そして、このものが魂です。

Nennt ihr das Seele, was so zage zirpt

カザビアンカ

灰色の頭巾(ずきん)かぶれる僧侶らが
糸杉の立ちつづく嶮(けわ)しき坂を登りて到る
小さきみ堂を我は想う、
山腹に一つきびしく聳(そび)え立つ　その堂の屋根は錆びたり。

世に忘られし聖者らの影像(みすがた)は
祭壇の神龕(みずし)をば　寂寞(じゃくまく)の住み家とす。
夕されば　窪みたる窓透(す)きて　夕明り
忍び入り影像の円光と成る。

Casabianca

ボーデン湖

村々は相倚(よ)りて一つの苑(にわ)のごとく
めずらしき様式の塔の中にて
鐘は鳴る、嘆くごとくに。
水際(みずぎわ)に並べる城は　見守(も)りつつ
真昼の湖(うみ)をもの倦(う)げにうち眺む、
黒ずみし割れ目を透(す)きて。

さざなみは充ちていざよい
こんじきに輝く蒸気船(ふね)は曳(ひ)く

ほのかなる光の水脈(みお)。
船進む行く手には
かずかずの山の姿ぞ見え来たり
しろがねに光りて並ぶ。

Bodensee

外(と)の面(も)にて君にし遭わば

五月(さつき)来て　うるわしき驚きのつぎつぎに重なりて
ありとある花の枝より
もの皆の心ことほぐひそかなるさゆらぎは
しずくのごとく降り落ちて

道のべの　たけ高き十字架に
ジャスミンの花の腕(かいな)は雪のごと白くとどきて
十字架の上なる神の額(ぬか)に漂う
はてしなき悩みの色を　そこはかと包むとき

外の面にて　君にし遭わば嬉しきものを

Ich möchte draussen dir begegnen

わが心悲しみぬ

夢の中にて　わが心悲しみたりき。
心に憂い持つごとく君が顔蒼かりき。
かくて（わが夢の中にて）君の心は鳴り出でぬ。
まことかすかに鳴り出でぬ、わがたましいも。
二つの心　共に歌いぬ――「悩みぬ」と。
かくてぞ深き安らぎは　わがたましいを包みつつ
夢と昼とのさかいなるしろがねいろの

天(あま)つみくににわれは居たりき。

かつての日君を偲べば

かつての日君を偲べば
五月の光照り出でて
君をつつむと思われき
わが憧れはしめやかに
夢の花環を編み為(な)して
君がひたいを巻きたりき

今しわれ君を偲べば
秋さびし森のしじまに涙して

嘆ける君のすがたかな
かたえに立てり道しるべ
入日のひかり血のごとく
照り添う石の道しるべ

Ja, früher, wenn ich an dich dachte

憧れとは

憧れとは　揺れうごく波を住みかとして
時の中にふるさとを持たないこと。
希念(ねがい)とは　日常の時間が
永遠なものと低声(こごえ)で交わす対話。
そして「生きる」とは　昨日(きそ)の中から
すべての時間のうちで最も孤独な時間が立ち出でて
ほかの姉妹らとは違う微笑を湛えて
永遠なものに顔を向けて沈黙するときまでのこと。

私は一つの園

私は一つの園でありたい——その泉のほとりで
かずかずの夢がかずかずの新鮮な花を咲かせるような。
それらの花はそれぞれが　自分の思いに耽りながら
無言の会話の中に一致する。

そして夢たちが逍うとき、その夢たちの頭の上に
私は　梢のざわめきのように自分の言葉をざわめかしたい。
そして夢たちが憩うとき、うっとりとしている彼らの声に
私は自分の沈黙をもって聴き入りたい——夢たちの　まどろみの中にまで。

日常の中で飢えている言葉

日常の中で飢えている　貧しい言葉たちを
目立たない言葉たちを　ほんとうに私は愛する。
私の祝祭の中からいろいろな光彩を取り出して、私は彼らに贈ろう。
そうすると彼らは微笑して　おもむろに晴れやかになる。

そんな言葉たちが心配そうに自分の内部に押し込めている
彼らの本質が　はっきりと新たまり、そのことが誰しもに気づかれるほどにな
る。

これまで　そんな言葉たちは未だ一度も　歌の中へ仲間入りしたことがない、

そして今　私の歌の中でも　おののきながら彼らは歩む。

Die armen Worte

聴き入り　驚き観て

ひたすらに聴き入り　驚き観て　静かなれ、
わが最も深き生命（いのち）よ。
白樺の枝さえも未（ま）だ身じろがぬとき
風がおんみに望んでいることを
おんみが会得するために。

そして静寂がおんみに語りかけたら
あらゆるおんみの官能を　それにゆだねよ。
あるか無きかのそよかぜにおんみを与え、うちまかせよ。

一つ一つのそよかぜに　おんみは愛され揺られるだろう。
そしてそれから、わが魂よ、広くあれ　広くあれ、
生（いのち）がおんみに成就するため
一枚の　祝祭の衣（きぬ）のように　おんみを拡げよ
もの想う物たちの上に拡げよ。

Vor lauter Lauschen

教会堂へは

教会堂へは　必ず坂を登って行く。
村びとらは　それを丘の上に建てたから。
貧しい村は　あの堂に親しんでいる。
寺が村の沈黙を守護して見下ろしてくれるのが村の望みだ。

けれど「春」は更に高いところに住むことができる。
それで　堂は今　白衣の花嫁のように明るくほほ笑み
そして　もう村の小さい家々を見ることができず
ただ「春」の姿を眺めて　その鐘の音(おと)もしめやか。

Zur kleinen Kirche

まばゆい路

まばゆい路が　光の中へ溶け入っている。
葡萄ばたけいちめんに　日の輝きが重い。
それから突然　夢の中でのように——一つの門。
定かには見えない壁に　大型の門。

扉（と）の木材は永の年月の　太陽に日灼（ひや）けしている。
しかし弓形の縁（へり）に残って　時の磨滅に抗している
紋章と　高貴な家門の飾り模様。

門をはいれば　君は客。──誰の屋敷の？
おののいて君は見つめる──生い繁るあたりの様を。

ときとして夜(よる)の底(て)いに

ときとして夜の底いに
風はめざむ　幼な児の目ざむるに似て。
ただ独り　風は　並木の路を進み
静かに静かに村に吹き入る。

まさぐりて　池に到れば
たたずみて　風は窺う――
家はみな　雪に白く、
樫(かし)の樹ら　声もなし……

Manchmal geschieht es in tiefer Nacht

「少女の姿」より

かつて君がわれを見出でしとき
われは　まこと幼なかりき。
われは菩提樹（リンデ）の一枝（ひとえだ）のごとく
まこと静かに　おんみの内へと　花咲き入りぬ。

幼なさゆえにわれは　名ざし得られず
ひたすらに憧れの中に生きたり、
かくて遂に今君は言う――名ざし得られぬほどに
われの大いなることを。

今やわれは感ず。神話（ミーテ）と　五月と　大海（わだつみ）とに
われは一体なることを。
また　葡萄汁の薫りのごとく
われは　おんみの魂の中にて重きことを。

❈

わたしはみなし児。誰ひとり
お伽噺（とぎばなし）を　わたしには
話してくれたことがない、
子供たちの魂を強く静かにするお話を。

何処（どこ）でわたしは　お話を急に聴くことがあるのだろう。
誰がわたしにそれを　そっと話してくれるのだろう。
その人のため　わたしはいろんなお話を知っている。
海のほとりで物語られる　いろいろな伝説を知っている。

⁂

わたしはその頃　まだ幼なくて　たくさん夢を見ていたけれど
五月（さつき）の幸（さち）を持たなかった。
そのとき　竪琴を持った人が
家の前に通りかかった。

おずおずと　私は眼を挙げて　その人を見た――
「おお、母よ、われに自由を……」
その歌の　最初の声を聴いたとき
何かが急に割れた気がした。

その歌が始まる前に　もう判った
わたしの生(いのち)の　将来(さき)の姿が。
歌うな、歌うな、見知らぬ人よ、
わたしの生の　将来の姿を。

おんみは歌う、わが幸を、わが歎きを、
わが心をおんみは歌い、ああ、それのみか
いち速く、あまりに早く　わが運命を歌っている、

咲いても咲いても生き切れないほどな
憧れのわが運命を　早や歌う。

歌い終って、その足音は消えて行った、
その人は旅をつづけねばならなかった、
まだ悩まない私の悩みを　早くもすっかり歌って行った。
私の手から辷(すべ)り落ちた私の幸を歌って行った。
その人が私自身を持って行ってしまった、持って行ってしまった——
何処(どこ)へだか誰も知らない……

Ich war ein Kind

「少女たちの歌」より

おんみたち　おとめらは
たそがれの　四月の園。
いくたの路を　春はさまよい
されどなお　いずこにも　行き果てず。

⁂

おんみらのため　波がけっして黙らない、

それでおんみらも　絶えておし黙ることがなく
波のように歌う。
そして　深い奥底で　おんみらの望むことが
旋律（メロディー）となる

そして　おんみらの衷（うち）にひびきを
美の純潔が起したのか？
少女（おとめ）らしい悲しみが　その響きを呼び覚したのか――
誰のために？

憧れが生まれたままに　歌は生まれた、
それは　おもむろに　立ち去り消えるだろう、
婚約の人が来て。

✻

少女らは見る――小舟たちが遠くから
安らかな港へ帰るのを。
少女らは互いに寄り添いながら内気に眺める、
白い水が重たい様子になるさまを。
こんなふうに　心がかかりな姿になるのが
夕暮の在り方だ。

この帰来のさまは無比だ、
疲れた海から

船たちは　黒い　大きな　空虚な様子で帰る、
檣の上のどの旒旗もなびかない、
どの船も　誰かに
打ち負かされているかのようだ。

⁂

ブロンドの姉妹らが　歩きながら心たのしく
金いろの麦藁で打紐を編んだ。
そのため　眼の前の景色がすっかり
金いろに光りはじめる。
それで姉妹らは互いに言う――

Die Mädchen sehn

不思議の国へ　さ迷い込んで来たようね。

夕影が　花たちに重くなり
姉妹らは恥らって立ち留(どま)り
手を出したまま
永く聴き入り　虚しく微笑む、
そして一人一人が憧れの思いにふける、
とつぐ日の人を夢みて。

❋

ブロンドの姉妹らが編みながら

夕暮の光の中を歩くとき
彼女らはみんな女王のようだ。
手を留めて思いにふけり、そして編み始める
自分たちの冠（かんむり）の環を。

姉妹らが身にまとっている輝きが
大きな恩寵（めぐみ）の贈りもの。
その輝きは　姉妹らから射し出でて、
そして彼女らが　解きほぐした麦藁は
彼女らの　おとめらしい涙を吸い込んだ——
麦藁はそのため　金（きん）のように重い。

❋

どの路も　今はまともに
金色（こんじき）の光の中へ　通じている。——
戸口の前で娘たちは
この時を憧れて待っていた。
彼女らは　年老いている人々に別れの言葉を口に出さない。
しかも　彼女らは遠く旅する——
彼女らが　身も軽く　自由な心になって
互いへのものごしが変わり
別のよそおいにふさわしく成るときに
旧い衣（きぬ）は辷（すべ）り落ちる、
彼女らの　明るい姿から。

⁂

明るい少女らが笑い声を挙げて歩く
森の秋の日は未だ遠い。
ただときどき遠い遠い追憶を促すように
葡萄の薫りが君の心に触わる――
少女らは今はただ聴き入っている、そして恐らくその一人が
再会を約束する悲しい歌をうたう。

そよかぜに　葡萄の蔓が揺れて
誰かが別れの合図をするかのように見える。――径（みち）のほとりに
薔薇の花々は　皆もの思わしい姿をしている。

少女らは眺めている、彼女らの夏が衰えて病むさまを。
そして夏の明るい両手は
実った自分のいとなみからそっと離れた。

⁂

或る少女が歌う

わたしたちは　みんな互いに姉妹です。
けれど、ときどき夕暮に、わたしたちは戦(おのの)いて
おもむろに　互いを見失うことがあります。
そしてわたしたちのひとりびとりが

友達に　そっと言いたくなるのです――「心配なの？」と。
母たちは私たちに言いません――私たちが何処(どこ)に居るのかを。
そして私たちをまったく私たち自身にまかせます。――
たぶん私たちは　今　居るのです
不安が終り　神が始まるような場所に……

Wir sind uns alle

「マリアへの少女達の禱(いの)り」より

何ごとかを　われらのために起したまえ！
われらは　このように生(いのち)に憧れ戦(おのの)いています。
われらは　一つの輝きのように　一つの歌のように
高められることを　禱ります。

Mach, dass etwas uns geschieht!

⁂

ごらんください、わたくしどもの日々はこんなに狭く夜の住居（すまい）は　こんなにも気がかりに充ちています。
わたくしどもはみんな撓（たゆ）みなく　憧れています
紅い薔薇の花々に。

マリアさま、わたしたちにどうぞお優しくあってくださいませ、
わたくしどもは　あなたの血の中から咲き出ます、
そして　ただあなただけが　ご存じです
憧れがどんなに悲しいものなのかを。

あなた御自身はよくご存じです
少女のたましいの　この悲しみを。
少女の心は　自分をクリスマスの雪のように感じつつ
しかも　ほんとうに熱く燃え立っております。

＊

かつてわたくしは　童（わらわ）びて涼しゅうございました。
あのとき一切のものは　一つの心配のように私に当りました。
今ではどんな不安も私から消えておりますが
しかし一つだけ　私の頬を熱くすることがまだございます——わたくしは感情（ゲフュール）
　を恐れております。

感情は私にはもはや、谷ではございません。
一つの歌が　明るい翼を　護るようにひろげている谷ではございません。——
それは塔なのです。私の憧れが高々と　それをその足元から仰ぎみて顫（ふる）えなが
　ら見知らぬ力と戦うときまでは

（私の憧れを　頂きから浄福の力で引きつける見知らぬ力と戦うときまでは）
その塔の姿は　広い遠景の奥へ遁（に）げ去るのです。

Ich war einmal

⁂

マリアさま、あなたは泣いていらっしゃる――わたくしには判ります。
そしてわたくしも泣きたいのです
あなたの栄光のために。
この額を石に押し当てて
泣きたいのです……

あなたの　両（ふた）つのお手は熱い。

このお手の中まで　わたくしの手の温みをお伝えすることができたなら
一つの歌のようなものが　あなたへの記念（かたみ）となって残るでしょうに。

けれど時は消えます　何のかたみも残さずに……

❈

昨日（きのう）　わたくしは夢に見ました
静けさの中に　星が一つ出ているのを。
そしてわたくしは感じました、マリアさまが
「この星に見倣って夜（よる）の中に花咲くように」と言われたのを。

それでわたくしは一生懸命に努めてみました。
まっすぐに　ほっそりと　肌衣(はだぎ)の雪の中から
咲き出でようと身を伸ばしました。――けれど急に
花咲くことがわたくしには大層苦しくなりました……

Gestern hab ich im Traum gesehn

⁜

わたくしの明るい髪が重荷です、
早やほとんど　春が完成したことを感じるため
花咲きながら早くも色褪せて重さを増した
レモンの樹の　ほの暗い一本の枝が
風に吹き乱されて

わたくしの髪の中にあるかのように。

この気がかりな飾りものを
わたくしから　取りのけてくださいませ！
あなたは　今もまだ涼しい緑をお持ちです。
あなたの　悲しみの象徴（しるし）であるいばらの中に立ち交って
少女たちが天人花（ミルテ）のように咲いておりますから。

❈

激しく強い憧れが
わたくしの姉妹たちの心に耐えがたくなるときに

姉妹らは　あなたのお姿へと遁（のが）れます。
すると　優しいあなたはひろびろと拡がり
姉妹たちの前で　海のようです。
あなたの潮がおだやかに彼女らへ打ち寄せて
彼女らは　あなたにしたがって
あなたの奥へと　救われて行き——そして感じます。
憧れの苦しさがいつのまにか静まって
それが柔かな島々の上で
一陣の碧（あお）い夏の雨となって降るのを。

Wird dieses ungestüme, wilde

われらの夢は

われらの心のさまざまの夢は、
われらが自分たちの寺院に置いて
われらの花環で明るく飾り
われらの欣求（ねがい）で暖める　大理石の神の像だ。

われらの言葉は　金（きん）の胸像だ、
それらの像を我々は　自分たちの日常の中へ担い入れる。――
生命のある神々の姿は
涼しい別の岸辺で聳（そび）えている。

われらがいそしんでいても　憩うていても
とにかくわれらは　或る困憊（こんぱい）から外へ出られない、
しかしそれでも　輝く影をわれらは持ち
それらの影は　永遠なものをさまざまな形によって仄めかす。

Unsere Träume

こんな時間に

こんな時間に　わたしは自分を見出すのだ。
牧場（まきば）の草は　風の中におぐらく波立ち
どの白樺の幹も　ほのかに光り
そして　夕翳（ゆうかげ）が包み始める。

わたしは夕暮の無言の中で成長する、
わたしは　たくさんの枝をもって花咲きたい、
ありとあらゆる物たちとの
一体の諧和の中へ　ひたすら自分自身を適（かな）えるため……

Das sind die Stunden

私は懼(おそ)れる、人々の言葉を

人々の言葉を　私はいたく懼れる。
人々はすべてのことを　あんなにはっきりと言い放つ――
「このものの名は犬と呼ばれ、あのものは家と呼ばれる、
そして始めはここにあり、終りはあそこに在る」と。

彼らの心根(こころね)、嘲りをもってする彼らの遣り方も私を不安にさせる。
彼らは何でも知っている――成りつつあるものをも、かつて在ったものをも。
どんな山も、もう彼らには驚畏の思いを湧かさない。
彼らの庭と地所とが　いきなり神に接しているというふうだ。

私はいつでも警告したい、制止したい――「遠くに離れていたまえ」と。
いろいろの物が歌うのを聴いているのが私は好きだ。
君たちは物へさわる。だから物が凍結しておし黙るのだ。
君たちはすべての物をだいなしにしてしまう。

Ich fürchte mich

誰かが私に

私が自分の生(レーベン)を　どこまで届かせているのかを
誰かが私に言い得るだろうか？
たとえ嵐の中をもやはり　私が歩いていないかどうか、
波となって　池の中に住んでいないかどうか、
そして私が果してみずから
春の寒さに顫(ふる)えている、あの蒼ざめた白樺でないかどうかを？

Kann mir einer sagen

懼れるな

アスターの花々が凋み
嵐が　湖の静謐の中へ森の落葉を
吹き散らしても　懼れるな、
美は　追いつめられた姿から生まれ出る、
美は実り　そして激しい力強さで
うち砕く、旧いうつわを。

美は　樹々の中から
僕の中へ君の中へ来る、

この美の転身は　停まらない。
美にとって　夏があまりにも華麗に成ると、
熟し切った果実から美は脱け出し
有頂天にさせるいろいろな夢から出て
貧しい姿で降りて来る――日常のいとなみの中へ。

神が君のところまで

神が君のところまで来て「私は在る」と言うときまで
君は待っていてはいけない。
自分の強さをみずから述べるような
そんな神には意味は無い。
原始のときから　神が君を吹きつらぬいていることを
君は知らなければならない、
そして君の心が白熱して　何ごとをも洩らさぬとき
神は　君の心の中で創造する。

月の照る夜

月の照る夜が来たら　われわれは忘れよう
大都会に住む悲しさを。
月の照る夜が来たら、立ち入ることを許されない庭を
われわれから引き離している柵へ身を押しつけよう。

子供たちや　明るい着ものや　夏帽子などのうち群れる
昼の庭を知っていたって、今の時間の庭を誰が知ろう？
誰が知ろう、花々と　広い池の水面を持って　眠らずにいる月夜の庭を。

暗闇におしだまって立っている彫像たちは
そっと背伸びをするかのようだ。
そして　並木路の入口で　月に照る姿らは
昼間よりもっと石像らしく　一層しずかだ。

もつれた髪の房のように幾つかの路が
並んで静かだ、――それらが出くわす一つの目標を持って。
月は草原のほうへ進んでいる。
花々から芳香が　涙のようにこぼれて来る。
くずれている噴泉の上方(うえ)に
いきおいのいい水の戯れが　夜目(よめ)に白い、夜(よる)の空気の中で。

序詩

君が誰であるにせよ、夕暮に出かけたまえ、
君が識り尽している君の部屋から。
君の家は　遠景の前のものとして横たわる、
君が誰であるにせよ。
疲れているため君の眼は
使い耗らした敷居から遠くへ離れにくいのだが
その眼によって君はおもむろに、一本の黒い樹を高める、
そしてそれを空の前に据える――ほっそりと、一本だけ。
それで君は、世界を作った。その世界が大きい、

その世界は、なお無言の中に実る言葉のよう。
そしてその世界の意味を君の意志がつかむようになると直ぐに
君の眼は、愛情ぶかく、その世界から離れる……

或る四月の中から

ふたたび森が薫る。
われらの肩に重かった空を
雲雀（ひばり）たちが引き上げながら漂い昇る。
枝間（えだま）に見える昼の光は　まだ冬枯の時のままだと思っているうちに
毎日の午後を雨が降り　時の歩みが緩やかだ。
そんな午後が幾日かつづいたあとで
こんじきの光にまみれた
目立ってさわやかな時間が来る。
こんな新しい時間から遁（に）げ去ろうとでもするように

遠方の家々の前面の
どれもこれも傷ついている窓々が
はばたく。

それからやがてひっそりとする。降る雨さえも音（おと）をひそめて
石の、静かに暮れゆく輝きを濡らして過ぎる。
ありとあらゆるものの音（ね）が　まったくひそみ入る、
樹々の小枝に輝いているたくさんの蕾（つぼみ）の中へ。

Aus einem April

少女の憂愁

心に浮ぶ　若い一人の騎士のこと、
まるで一つの古い諺が思い出されるように。

その騎士が来ると、ちょうど森の中で
ときどき大きな嵐が来て　わたしを包むときのようだった。
騎士が行ってしまった。ちょうど、ときどきお祈りの最中に
大きな鐘の祝福の音が早や鳴りやんで
一人取り残されて祈っているときの　あの気もち。
するとわたしは、静寂の中へ泣き叫びたい、

けれど唯(た)だひっそりと忍び泣くのだ
自分の冷たいハンケチの中へ、深(ふ)か深(ぶ)かと。

心に浮ぶ　一人の若い騎士のこと。
その人は武装(みづくろい)して　遠く征(ゆ)く。

あの人のほほえみは　やわらかく気高くて
古い象牙の輝くようで
故郷(くに)を慕う心のようで、暗い村の
クリスマスに降る雪のようで、
真珠ばかりに取り巻かれているトルコ玉のようで、
好きな本を照らしている
月の光のようだった。

男児

夜(よ)の黒き闇をつんざき
荒き駒駆りて騎(の)る騎士と成らまし。
手にかざす松明(たいまつ)の火は　ほどけたる髪のごとくに
疾駆するわれらの風に　吹きも靡(なび)くか。
誇らかに舟のへさきに立つごとく
展(ひろ)げたる旗のごとくに　先立ちてわれ行かん。
わが姿暗けれど　頭上なる金(きん)のかぶとは
黒き夜に　光りちりばめ　随(つ)き来たる十人(とたり)の伴侶(とも)も
身づくろい暗きが中に　兜のみ　夜の目にも

結晶のきらめき放ち　はた盲(めし)い翳(かげ)ろい昏(くら)む。
伴侶のうち我が脇に一人は在りて　りゅうりょうと
喇叭(らっぱ)を鳴らす――きらめきて　叫ぶ喇叭を。
その音(ね)より渦巻き出ずる　寂寥の　黒き環くぐり
進まなん　嵐のごとくひた走る夢にかも似て。
進みゆくわれらの背後(しりえ)　家並(いえなみ)は　ひざまずくべし。
ま直ぐなる数多の路も　たわむべし　我らが方(かた)へ。
驚きて身じろがん広場をも　われらつかまん。
一陣の雨ぞと思う　音挙げて駒乗り行かん。

Der Knabe

限りなき憧れの思いより

限りなき憧れの思いより
限りある行いぞ立ち出ずる――
つかのまを噴き湧きて早や弱る泉のごとく。
さあれ　常のとき黙し語らぬ
かずかずの嬉しきちから
踊り舞う涙の中に今ぞ見え来る。

Aus unendlichen Sehnsüchten (Initiale)

もの怖じのけはい

枯れ闌（すが）れた森に　鳥の叫びが一つ挙がる、
その声は無意味なものに思われる、この枯れ闌（すが）れた森の中では。
しかも　鳥の　この円（まろ）い声が、
その声を生み出したこのたまゆらの中に、
闌れた森の上の一つの空のようにひろびろと拡がる。
あらゆるものが素直に　この叫びの中へ蔵（しま）い込まれる。
全体の風光が　音もなくその中に在るかのようだ。
大風（おおかぜ）が　すなおにその中へ入り込むかのようだ。
そして先へ歩きつづけようとするひとときが

蒼ざめてしいんとしている、——
もしもその声からひとあし外へ出れば
われらに必然に死滅を与えることとなるような
そんな物らを　そのひとときが知っているとでもいうふうに。

Bangnis

嘆き

おお　何とすべてのものが遠く
そして永い以前に過ぎ去ってしまっていることか。
今　その輝きを私が受けている星は
数千年このかた
死んでいることを私は信じる。
今過ぎて行った小舟の中で
何か心配なことが話されていたのを
私は聴いたように思う。
家の中で

時計が鳴った……
どの家だろう?
私は自分の心の中から出て
大きな空の下に立ちたい。
祈りたい。
すべての星のうち　どれか一つは
今もほんとうに在るに違いない。
どの星が今も
孤独に生きながらえているかが
私に判るような気がする、
その星は　光の筋の向うの端(はし)の
白い都のように　空に出ている……

私は成りたい

ほんとうに秘(ひそ)やかなもののように私は成りたい、
私の韻律の中へ私のすべての郷愁がすっかり含まれること以外には
自分の額の下にいろいろな考えを形づくることをもう私はしたくない。
自分の眼なざしの中に、芽ぐむ優しさだけを私は示したい――
私の無言が顫(ふる)えさせる優しさだけを。

もはや決して心を裏切って洩らすまい、そして自分の孤独を
最も偉大な人々がしたように一つの城砦としたい。
しかし、多くの槍の眼も昏(くら)む一閃に撃たれたように

立ち騒ぐ群集が　あの最大の人々の前にひれ伏すとき
最大な彼らはその胸から一つの秘蹟のように
彼らの心を取り出して掲げ、そしてこの心が群集を祝福する。

Ich möchte werden

夕暮

夕暮がおもむろに衣裳を更(か)える、
老いたる樹々の梢の端(はし)が　夕暮のため捧げ持つ衣裳を。
眺めたまえ、すると君からいくつもに風光が分かれ拡がる。
一つの風光は空へ昇り、もう一つのは下へ落ちる。

どの眺めにも心の全部をゆだねずにいて、
あの無言の家のように全く影に包まれもせず、
だがまた夜毎(よごと)　星と成って照りのぼるあのもののほどに
永遠なものを確かに証(あかし)することもなく君は居たまえ。

そして（定かには解きほぐせない）君の生（いのち）を
不安なままに、途方もなく大きいままに、そして実りつつあるままにして置き
　たまえ。
そうすると君の生は　或いは他（た）から限られ或いは他の物を把えつつ
君の内部でそれは　或いは重い石となり或いは光る星宿となる。

Abend

重々しい時間

誰かが今　泣いている、世界の何処(どこ)かで。
理由(わけ)もなく泣いている、世界の中で、
わたしのことを泣いている。

誰かが今　笑っている、夜(よる)の何処かで。
理由もなく笑っている、夜の中で、
わたしのことを笑っている。

誰かが今　歩いている、世界の何処かで。

理由もなく歩いている、世界の中で、
わたしに向って来る。

誰かが今　死んでいる、世界の何処かで、
理由もなく、世界の中で　死にながら
わたしを見つめる。

秋の日

神よ　時が来ました。夏はまことに偉大でした。
あなたの翳(かげ)を　日時計の上に置きたまえ、
野に　いくたの風を解き放ちたまえ。

最後の果実(このみ)らに　熟(う)れ充ちるように命じたまえ、
その果実らになお二日(ふつか)更に南方らしき日を与え
その果実らを成就させ、最後の甘美さを
重い葡萄の汁に入れたまえ。

今　家を持たぬ者は　もはや我が家を建てません。
今　孤独な者は　こののちも永く孤独に生きて、
眠らずに　読み、長い手紙を書くでしょう、
そしてあちこちと　並木の路を
不安げにさまようでしょう、樹々の葉が吹かれ散るとき。

秋

樹の葉が降る　樹の葉が降る、遠いところから降って来るように、
空の中で　遠い庭が幾つも凋(しぼ)んでゆくかのように。
樹の葉が降る、否(いな)む身ぶりをしながら降る。

そして幾つかの夜(よる)のあいだに　黒い地球が
孤独の中へ沈み込む、他(ほか)のすべての星から離れて。

われらみんなが落ちる。この手が下に落ちる。
君のもう一つの手も——見たまえ、どの手も落ちる。

しかし或るひとりの者が在って
これらすべての下降を　限りなく穏かにその両手の中に保っている。

Herbst

予感

私は　かずかずの遠さに取り巻かれている一つの旗のようだ。
来る風を私は予感する。その風を私は生きないでいることができない、
下のほうでは多くのものがまだ少しも身じろぎをしないときにも。
扉はまだ静かな閉(しま)り方をしているし、壁の煖炉の中にはまだ静かさがある。
窓々はまだ震えはせず、塵もまだ重い。

そのとき早くも私は嵐を覚(さと)り、海のように激動する。
そして自らを拡げ、それから自らの中へ落ち込み
そしてまた自らを投げ出して、まったく孤独だ

大きな嵐の中で。

観る男

樹々の姿に　私は嵐の風を観る。
その風は　ほの温くなった日々の中から生まれて
私の不安な窓を吹き鳴らした。
私は　遠方が語ることどもを聞く、それらは
友なしには耐え得ず
姉妹なしには愛し得ないことどもだ。

嵐が吹いている――ものの姿を造り変える嵐が。
それは森を通って吹き　時間の中を吹く。

そしてあらゆるものが齢(よわい)を失くしたかのようだ。
風景が　讃美歌集(プザルター)の中の或る句のように
真面目さ　重々しさ　永遠さそのものだ。

われわれ人間が格闘している対手(あいて)は何と微々たるものか！
われわれ人間と格闘しているその者は何と偉大なことか！
われわれ人間も、物たちのようにあんなふうに
偉大な嵐に規制されたなら
われわれは広大になり言い尽せぬものとなるだろうに。
われわれが克服するものは微々たるものだ。
そして成功そのものが　われわれを卑小にする。

永遠なもの　高貴なものは
われわれ人間によっては　圧し曲げられない。
それは　旧約聖書の中の格闘者たちに顕現して
格闘した天使なのだ。
この天使が格闘する対手の腱が
格闘のため　金属のように張れば
天使は　その腱を自分の指の下で
深い旋律(メロディー)をたてる絃(いと)のように感じる。

ともすれば人間との格闘を放擲(ほうてき)する天使との
その格闘によって本当に打ち負かされた者こそは
かの天使の厳しい手の中から
正しく　毅然として偉大に歩み出る——

戦いつつ彼に触れた天使の厳しい手が　彼を造り直したかのように。
勝利によって彼の心はそそのかされない。
彼の成長とは——つねにますます偉大なものによって
打ちひしがれることなのだ。

Der Schauende

時が身を傾けて

時が今身を傾けて　わたしに触れる
金属的な明るい響きを立てて。
わたしのすべての感覚が顫（ふる）う。そして　為（な）し能（あた）う力を私は感じて
造形的な昼をつかむ。

わたしが観ないうちは　何一つ仕上っていず
すべての生成は　停っていた。
わたしの観るはたらきは実っている。そして花嫁のように来る、
ひとつひとつの眼なざしへ、それの望む物が来る。

わたしには何一つ微賤に過ぎるものはなく、ささやかなものをも愛し
それを　金いろの背景の上に描き出し
それを偉く（おおき）気高きものとして尊ぶ。わたしは知らない
それが誰の魂を釈き（と）ひろげるかは……

Da neigt sich die Stunde

私は自分の生（いのち）を

私は自分の生を、　成長する幾つかの環のかたちで生きる。
それらの輪は　あらゆる物の上に描かれる。
おそらく私は最後の輪を　仕上げることはあるまい。
しかしそれを私は試みよう。

私は神の周りに輪を描く——神はまことに古い塔だ。
私はめぐりめぐっている——数千年ものあいだ。
いったい自分は　一羽の鷹だろうか、一つの大風（おおかぜ）だろうか！
それとも大きな一つの讃歌だろうか——自分にはわからない。

わたしのさまざまな感覚が

わたしのさまざまな感覚がそこへ沈み入る
わが本質の　幽暗な時間をわたしは好む。
そんな時間の中で　わたしの日常の生活が
ちょうど古い手紙の中でのように　早や背後へ見残され
伝説のようにひろびろと高められている。

そんな時間の中でわたしはさとる、
時の無いひろい第二の生活を　自分が生きることのできるのを。
そしてときどき　わたしは樹木のようだ。

熟してざわめいて　一つの墓を蔽(おお)いながら夢を生かす樹のようだ。――その夢は

今は亡い少年が　悲しみと歌との中で

見失った夢なのだ。（そして　樹の暖い根は墓の中の少年をしっかりと包んでいる。）

Ich liebe meines Wesens Dunkelstunden

世紀が革（あらた）まる所に

世紀が革まるちょうどその所に私は生きている。
大きなページがめくられるために起る風が感じられる。
このページに　神と汝と私とが書き記し
それは高いところで　見知らぬ手でめくられる。
早や　新しいページのきらめきを人は感じる。
このページの上でこれから万事が生成し得るのだ。
さまざまな静かな力が　それぞれの拡がりを試みている

そしてそれぞれの力が互いに幽暗に顔を見交わしている。

Ich lebe grad, da das Jahrhundert geht

私のみなもとである幽暗

私のみなもとである　おんみ　幽暗よ
私はおんみを　炎よりも更に好む
炎は世界を限界づけ
或る一定の範囲を照らすが
しかしその範囲のそとでは　何ものも炎について識らぬ。
だが　暗さは万物を抱いている――
さまざまのものの姿を　炎を　動物たちを　そして私を。
暗さは人々をも　いろいろな勢力(ちから)をも
獲物としてつかむ――

一つの大きな力が
私の直ぐ近くで働いていることは、有り得ることなのだ。
私は「夜(よる)」を信じる。

まだ一度も言われたことのないすべてのことを私は信じる。
私は自分のいちばん敬虔な感情を　自由に生かしたい。
まだ誰ひとり　敢て憧れたことのないものが
私には　いつか必然のことと成るだろう。
わが神よ、もしこれが僭越ならば　お赦し下さい。
私はただあなたにこう言いたいだけなのです――

私の最善の力が、憤りも持たず　いじけもしない
一つの本能のようであってほしい、と。
子供たちはそんなふうにして、神よ、あなたを愛しています。

滞りなく流れ、両腕をひろげて大海（おおうみ）へ
大河が流れ込むときのように、
繰り返しながら成長しつつ
私はあなたへの信を告げたい、かつてこれまでに
誰もがしなかったようなふうに、あなたを告げ報せたい。
もしもこれが思い上りであるならば
この驕慢（きょうまん）を
私の祈りに許容（ゆる）して置いて下さい、
私の祈りは　こんなに真摯に　そして孤独に立っています、

雲に包まれている　あなたの額（ぬか）の前に。

Du Dunkelheit, aus der ich stamme

自分の生の矛盾を

自分の生(レーベン)のいくたの矛盾を
和解と感謝のこころをもって　一つの象徴としてつかむ人は誰しも
自分の生の宮居(みやい)の中から　空騒ぎする者たちを駆逐して
新しく別な　祝祭の用意をする。すると、神よ、おんみが客(まろうど)として来る
そして彼はおんみを　彼の穏かな夕べ夕べに迎える。

おんみは　彼の孤独の　第二人者、
彼の独言(モノローグ)の　静かな中心。
そして　おんみを中心にして廻(めぐ)り引かれる一つ一つの環のために

彼の両脚器(コンパス)は張り伸ばされる——時を超えるほどに。

Wer seines Lebens viele Widersinne

これらすべての物の中に

わが慈しみ　そして同胞（はらから）である
これらすべての物の中に　私はおんみを見出だす。
ささやかなものの中では　おんみは種子（たね）として日光を浴びており
大きな物の中では偉（おおき）くおんみは現われている。

根の中では成長しつつ、茎の中へは溶け入りつつ
そして梢の中ではあたかも蘇（よみがえ）りのようであること、
そんなにして奉仕しながら物をつらぬき流れること、
それが勢力（ちから）の　妙（たえ）なるはたらきである。

Ich finde dich in allen diesen Dingen

おんみ　最もなごやかな掟よ

おんみ　最もなごやかな掟よ、　私はおんみを愛する。
われらはおんみと格闘したために　おんみに拠って成熟した。
おんみ　大きい郷愁よ、　われらは遂にその郷愁には打ち克てなかった。
おんみ　森よ、　その中から　われらがけっして歩み出たことのない森よ、
おんみ　歌よ、　一つ一つの沈黙によって我らが歌った歌よ。
おんみ　幽暗な網よ、
さまざまの情感は　遁走しながら　その中に囚われた。

Ich liebe dich, du sanftestes Gesetz

それはミケランジェロの生涯の日々(にちにち)だった

わたしが　とつ国の本で読んだ
それは　ミケランジェロの生涯の日々だった。
それは　尺度を超えて、
巨人的に大きくて、
測りがたさということを忘失した人間だった。

一つの時代が終ろうとするときに
今一度　その時代の価値を綜合するために
生れ出るのを常とするような人間だった。

一時代のすべての重荷を　この一人の人間が改めて採り上げ
そしてそれを　自分の胸の深淵に投げ入れる。
彼より前の人々は　悲しみと喜びとを別々にして持っていた。
だが彼は今や唯だ　生の全体を塊りとして感じ
そして一切を自分が一つの物としてつかむのを感じる。——
ただ神だけが　依然　彼の意志の上高く居る、
そこで彼は　神へのこの到りがたさを
けだかく憎みつつ　神を愛する。

Das waren Tage Michelangelos

おんみ　深い力

おんみ　深い力よ、私はおんみに感謝する、
たくさんの壁の向うからのように
ますますひそやかに　私に関わる深い力よ。
今や初めて私には　仕事の昼が　純朴なものとなり
一つの聖なる顔(かん)ばせのように成った、
私の無意識な両手のために。

Ich danke dir, du tiefe Kraft

おんみの樹の梢の中で

おんみの樹の梢の中で　光の音が騒々しい。
そしてその光が　おんみの万象を　けばけばしく空疎にする。
光がおぼろになったとき　初めて万象がおんみを見出す。
仄明り、空間の　この情愛が
無数の者の頭の上に　無数の手を置いて
それらの手の下で　見知らぬものが　敬虔になる。

Es lärmt das Licht

おんみは未来

おんみは未来、　明け初(そ)める偉大な夜明けの紅(あか)らみ、
永遠のものなる幾多の広野の上の。
おんみは　時の夜が終るときの鶏(とり)の叫び、
おんみは　露　朝の弥撒(ミサ)　そして少女(おとめ)
見知らぬ男　母　そして死。

おんみは　転身しつつある姿、
それは　運命の中から　常に孤独に立ち上がり
絶えて歓呼を受けず、　また責められず

また記述せられたことがない、あたかも一つの自然の森。

おんみは物たちの精髄の底、
しかし精髄についての究竟（くっきょう）の言葉は示さない。
おんみの精髄は相異なる者らに　相異なった姿として見える。
船にとっては陸地と見え、岸辺には　船と見える。

神よ　各人に与えたまえ

神よ　おのおのの者に　その者固有の死を与えたまえ、
おのおのの者が　愛と　一つの意義と　そして自分の悲しみとを発見した
この生の中から　各人の固有の死が　ほんとうに生れ出るようにさせたまえ。

なぜなら　われらは　葉であり外皮であるに過ぎません。
各々の者が自分の衷(うち)に持っている偉大な死こそ
果実です——一切が、それをめぐって転身する果実です。

少女らが　あたかも琵琶の中から樹が伸び立つかのように

或る日　急に成長するのも
少年たちが　おとなに成ることを憧れるのも、死という果実のためなのです。
またこの果実のゆえに　婦（おみな）らは　成長している者たちが
心の不安をうち開（あ）ける唯一の相手となるのです。――その不安は婦だけが失くさせ得る。
またこの果実のゆえにこそ、ひとたび観たことのある物が、
永遠のもののように留まるのです――観られたものは遠い昔に消えていても。

――

そして形成し　建設したおのおのの者は
この果実の周りで世界と成り、凍り、また雪融けし
この果実へ風となって吹きつけたり、日の光となって照ったりします。
この果実の中へと、一切の熱は流れ込んでいます、
心の灼熱も、頭脳の白熱も。

しかも、神よ、おんみの天使らは　鳥の群れのように行きめぐりつつ
感じるのです――どの実もみな　みどり色をしているのを。

O Herr, gib jedem seinen eigenen Tod

私はあなたの最も貧しい者の一人

私はあなたの　最も貧しい者の一人にすぎない。
この私は　僧房の中からこの生(いのち)を眺め
人々によりもむしろいっそう物たちに近しくて
出来事へ重くのしかかることを敢てしない。
あなたの眼が仄暗くそこから輝き出ている
あなたの面前に私が居ることを　あなたが望まれるなら
たとえ私が次のように言うときも　それを私の慢心だとは考えないでください
――
誰ひとり　自分の生を生きていない。

人間たちは偶然事のままでいる。また数々の声と断片と
平凡の生活と　心配と、たくさんの小さな幸運と、
早くも変装し仮装した子供たちと、
すべてがこの上もない仮面のようだ、唖となった顔のようだ。

私はときどき想います――宝蔵がなければならないと。
これらのたくさんな生が　そこへ置かれるわけです、
現実の者が誰一人まだ着たことも乗ったこともない
甲冑や　輿（こし）や　揺籃が置かれるように　それらの生がそこへ置かれるわけです。

また　独りで立っていることはできなくて
穹窿（きゅうりゅう）形の石でできている大層つよい壁に、辷（すべ）り落ちつつ纏（まと）いつく衣裳のように置かれるのです。

そして夕暮に　自分がそこにいて疲れた庭から
外へ出かけてゆくときに――
私は感じます、あらゆる道が　そのとき
まだ自分の生きたことのない物たちの置かれてある庫へ通じていることを。
そこには一本の樹もない、あたかも風光が身を臥せているように。
そして　獄屋を囲んでいるように塀は
七重の環をなして　全く窓を持たず立っている。
そして　その門には鉄の錠前がついていて
中へはいろうとする者たちを遮る、
そしてその仕切り格子は　人間の手で出来ている。

Ich bin nur einer deiner Ganzgeringen

たとえあなたが私の眼の光を

たとえあなたが私の二つの眼の光を消しても　私はあなたを見るだろう。
私の耳をつぶしても　私はあなたを聴くだろう。
たとえ足を失くしても　私はあなたに向って行けるだろう。
口が無くても　それでも私はあなたを呼び出せる。
両手を折られても　あなたを捉える、
一つの手で捉えるように私の心でとらえる。
この心が圧しつぶされたら　私の頭が心臓のように鼓動するだろう。
そしてもしもあなたが私の頭脳の中へ火を投げ込んだら
そうしたら　私の血があなたを担ってゆくだろう。

Lösch mir die Augen aus

かの人はどこにいるか？

アシジのフランシス

財宝と時代とから脱却して
大いなる貧しさへと強まり
町の広場で衣を剝ぎ棄て
純乎（じゅんこ）たる裸身で僧正の装いの前に臆せず歩み出た
かの人*はどこに居るか？
最も切実な彼、最も愛に生きた彼は
あたかも一つの若い歳のように来て生きた。
神よ　おんみの夜啼きうぐいすたちの兄弟（きょうだい）、褐色（かちいろ）の衣を着た兄弟だった彼の心

には
この世に対する讃嘆と　喜悦と
そして溢れる歓喜とがあった。

なぜなら彼は、次第次第に悦びを見失うような
ますます倦み疲れてゆくような人々の一人ではなかった。
小さな花々と連れ立ち、ささやかな兄弟たちと連れ立って
彼は牧場の辺に添うて歩み、そして語った。
自分のことを語った、仕える自分の仕方について語った、
皆の人に喜びとなるような生き方について語った。
彼の明るい心には果がなかった。
どんなささやかなものでも迎え容れられた。
彼は　光の中から　更にますます深い光へと進んだ。

彼の僧房は晴れやかだった。
微笑は　その面輪（おもわ）の上で大きくなり
微笑は　それの幼時と経歴とを持っており
そして実った、まるで少女の実りのように。

そして彼が歌うと　過ぎし日さえ
忘却されていたことさえ　戻って来た。
そして一つの静謐が　町や村に生まれた。
あたかも花むこのように彼が感動を与えた姉妹たちの**
心情だけが　叫ぶほどに高鳴った。

そんなとき　彼の歌の花粉は
彼の紅い唇からしずかに散りこぼれて

愛に充ちている人々の心へ　夢みがちに飛んで
そして開いている花冠の中に落ち
花の底まで　おもむろに沈んで行った。

彼女らは　無垢の彼を受け入れた
彼女らの魂の体内へ。
そして彼女らの眼は薔薇の花のように閉じて
彼女らの髪の毛は　愛の夜な夜なに充ちた。

長者も微賤の者も彼を受け容れた。
あまたの動物たちに　天使が告げに来た——
その動物たちの妻が身籠っていることを。
そういう動物の中には　実に美しい蝶々もいた。

なぜかといえば　あらゆるものが彼を識（し）って
彼から　魂の果実を受けたから。
そして彼が　名も無い者のように軽ろやかに逝（ゆ）いたとき
彼は　広く頒（わか）たれた。彼の種は
小河を流れ、樹々の中で歌い
花々の中からも　彼を静かに見つめた。
彼は横（よこた）わっていた、そして歌っていた。そして姉妹らが来たときに
彼女らは泣いた、親愛なこの夫を悼んだ。

おお、あの明るい人は　何処へ響き去ったのか？
待望している　心の貧しい人々なら
彼を――若々しい彼を、讃歌を歌う彼を、遥かに認めないはずがあろうか？

その人たちの仄明るい空に　どうして彼が、
貧しさの偉大な明星が、　昇り出ないはずがあろうか？

O wo ist der, der aus Besitz und Zeit

＊アシジのフランシス。

＊＊尼僧クララを代表とする。

日時計の天使

シャルトル

強い本寺をめぐって
思考する一人の否定者のように吹きすさぶおお風の中で
心は急に　情愛の思いにさそわれて
おんみの微笑に惹き寄せられる。

ほほ笑んでいる天使、敏感なその姿
おんみの唇は　無数の唇からできている。
おんみは気づかないか？――我々人間の時間は

おんみの十全な日時計からは辷(すべ)り落ちることを。

その円板の上には一日の時の全部の数が同時に在り
どれもひとしく真実で、それらは深い均衡をなしている。
まるでどの時間も　実って豊かであるかのよう。

石の天使よ、おんみは私たち人間の存在については何を知っているのだろう?
そしておんみがその円板を　夜(よ)の暗さへと捧げ入るとき
おんみの面輪(おもわ)は　更に浄福の輝きを増すのだろうか?

L'Ange du Méridien

レース細工

I

人間性とは——かりそめの所有を呼ぶ名、
まだ確実なものになっていない幸福の　持続の姿。
このレース細工のために
このささやかな綿密なレース細工の断片を作るために
とうとう両つ(ふた)の眼を失明させたことは非人間的だろうか?——あなたは望む
　か、両眼を取り戻すことを。

ずいぶん以前(まえ)に亡くなったあなた、遂に盲(めし)いたあなた。
あなたの浄福は　この物の中にこもっているか？
あなたの大きい感情が、まるで幹と樹皮との間をぐるかのように
ささやかに転身して成ったこの物の中に。

運命の中の　一つの亀裂(ひび)を通じて、細い割れ目を通じて
あなたは　自分の生活の時間の中から　あなたの魂を引き出した。
その魂が　この明るい細工物に閉じ込められているために
私は思わず微笑する——この細工物の有用性に思い至って。

Ⅱ

そして、或る日われらのこの世の営みと

われらの身に起ることがらとがあまりにも微々たるものに思われて、
そんなことどものため我々が大きい苦労を重ねて幼な心を脱却し成長するほど
の
値うちも無いかのような味気ない気もちに成るときに
ああ、この色褪せた
緻密な　花のような　レース細工の紐を
観るだけで十分ではないか、
われらがこの世の生活へ引き留められるためには！
見たまえ――これがほんとうに仕上げられたのだ。

一つの人生がことによるとそのために徒労（むだ）に使いつぶされたと言うのか？
一つの幸運が目の前に来ていた。そしてそれが投げ棄てられた、
そしてとにかく、否が応でもこの物は　その人生から作り為（な）された、

その仕事は、人生の体験に劣らずむずかしかった。
しかも遂に完成されてそしてこれは美しい
今こそ微笑みながら死んで行っても心残りはないと言う瞬間のようにこれは美しい。

Die Spitze

海のうた

カプリ島　ピッコーラ・マリーナ

太古の息吹（いぶき）　わだつみの息吹、
夜（よる）を吹く海のかぜ
それは誰のために来るとしもない。
夜が更けてこんなにおそく
誰かがまだ眠らずにいるならば
その人はただ独りおんみを耐えねばならぬ、
太古のままの　わだつみの風よ。
それはただ　いと古き

巌（いわお）のためにのみ吹くかのように
遥かに遠い果（はた）てから
ひろがりだけを吹きつける。

おお　巌の高みで月を仰いで
揺れ狂う一本のいちじくの樹は
何とおんみを身に沁みて感じることか。

愛に生きている女

これが私の窓だ。今
私は　ほんとにしずかに眼がさめた。
自分が　空（くう）を飛んでいるように思っていた。
私の生（いのち）は何処までとどいているのだろう、
そして　夜（よる）が何処から始まるのだろう？

自分の周りにあるものが残らず
また私でもあるかのようだ、
すべてが　一つの結晶の

仄暗い　無言の深さのように透明だ。

それにまた私は　星々を
自分の衷（うち）に捉えて置けそうな心地がする。自分の心が
そんなにも博（ひろ）いように思われる。この心は
たぶん私が愛し始め

たぶん私が引き留め始めたあの人を
むしろ喜んで　再び去らせた。
まだ少しも書き記されたことのないもののようによそよそしく
私の運命が　私を見つめている。

なぜ私は　こんな

果（はて）しなさの下（もと）に置かれているのだろう、
この果しなさは　一つの牧場のように薫り
あちこちに揺れて
呼びかけていながら　不安なのだ、
誰か一人の人が　この呼びかけを聴きつけはしまいか
そしてその人がこの呼びかけを
別の呼びかけへと没落させる運命を持って来はしまいかと。

Die Liebende

子守唄

或る日お前が　母さまのものでなくなっても
お前は　それでも眠れるかしら？
お前の上で　菩提樹の梢みたいに
ざわめくわたしが居なくても。
小さな胸と手と足と　それから可愛い唇に
たくさんの　まぶたみたいに
たくさんの言葉を　あちこち置きながら
わたしがこうして守(もり)しなくても。

星のかたちの茴香(ういきょう)と　メリサの花でいっぱいな
花園みたいな　小ちゃなお前の
しずかな眠りを乱さぬように
暖く包んであげる　この母さまがいなくなっても。

豹

パリ　ジャルダン・デ・プラントにて

過ぎ去り過ぎ去る　檻のいくたの棒のため
その眼なざしは疲れ、もう何一つ保（たも）たない。
無数の棒が存在して、無数の棒の向うには
まったく世界が無いかのような心もちだ。

しなやかに勁（つよ）い足取りの　やわらかな歩みは
小さな小さな輪を描いて行きめぐり
それは、一つの大きい意志が呆（ほう）けて立っている中心のまわりをまわる輪のようだ。

ただ時おり　瞳孔に懸っているとばりが
音もなく揚がる。——すると何か一つの物の姿が眼から忍び込み
手足の、張りつめた静けさの中を　その姿が行きめぐり、
そして　心の中に到って消える。

Der Panther

一角獣

聖者は頭を挙げた、すると　禱(いの)りは
彼の額(ひたい)から　兜のように抜け落ちた。
在るとしも思われぬ　白い獣(けもの)が
しずしずと歩み寄って、哀願の眼なざしで
彼を見つめたのだ——盗み出された牝鹿のように。

象牙のような四つの脚の結構は
かろやかな釣合いを保って動き
白い輝きが浄福のように　毛皮の中を揺曳(ようえい)し

この獣の静かな明るいひたいの上に
月に照る一つの塔みたいに、
白い角が立っていて、ひと足ごとにそれが立ち直った。

薔薇いろを帯びた灰色のうぶ毛のある口は
かるく開（あ）いていたので、歯並の白さが
（何にも優って白い白さが）いくぶん見えて輝いた。
鼻孔はかすかに喘ぎつつ　ひらいていた。
しかし何ものにも遮られないその眼なざしは
みずからに宿すさまざまの形象を空間の中へ投げ出しつつ
伝説の　碧々（あおあお）とした一つの世界を含んでいた。

別離

別れとはどんなことかを　まことによく私は識(し)っている。
今もよく私は感じる——或る暗い、傷(きずつ)けられない
無慈悲なあのものを。そのものが　美しい縁(えにし)のきずなを
もう一度示して掲げて、そして断ち切る。

あのものを　いかに詮(せん)なく見つめたことか、
私を去るままにさせながら私を呼び
そのもの自身は後に居残り、それがありとあらゆる女であるかのようで
しかも　そのものは小さく白く

ただ一つの合図に過ぎず、しかも早やそれは私に贈られる合図ですらなく
それはかすかにつづく合図であり、——もうほとんど
釈き証しかねる合図であり、たぶんそれは
一羽のほととぎすが急いで今飛び去った一本の杏の樹だ。

Abschied

恋びとの死

死については誰でもが知っていることだけを彼も知っていた。
死はわれわれを奪い取り　黙らせる、ということだけを知っていた。
けれど　いとしき女(もの)が　急に彼から奪われはせず
ただひそやかに眼の前から消え失せて

辷(すべ)るかのように　見知らない影たちに立ち交り
今やその影たちが　あの向うで
月光のような、少女(おとめ)じみたほほ笑みを持っていて、それにまた
恵み深い行いをする彼らの流儀をも持っているのを彼が悟ったとき

死者たちが彼には親しく思われ出した。
そして彼らを識ったため、生きているどの人とも
ほんとに近しい血のつながりがあるように思われてきた。

他人には言いたいように言わせておいてその言いぐさに気は留めず
自分ではあの死者たちの国が、まことよく処（ところ）を得た、常に優しい国だと信じた
——
そしてなつかしい両（ふた）つの足のため、それが歩く国をあれこれと想像した。

Der Tod der Geliebten

第六の悲歌（エレギー）

『ドゥイノの悲歌』より

すでにずいぶん永い前から私には意味ぶかい──、いちじくの樹よ、
おんみがほとんど花を示さず
浄らかな、目立たない秘密をひたすらおんみが
いち速く確固たる形を採る果実の中にそそぎ込むことが。
おんみの曲りくねった小枝らは　噴水の管のように樹液をはこび
樹液はほとんどめざめはせずまどろみの中から湧いて
いとも優しい結実の幸福の中へ流れ入る。
見よ、それは　あの神が白鳥の中に入るのに似ている。

……しかしわれらは、

花の光栄を誇りそれに心奪われて時期を遅らすわれらは、
われらの究極の結実へ入り込まぬうちにその道をはずれがちだ。
花咲くように誘ういざないが——甘美な夜の風のように
若いひとびとの口とその瞼とを愛撫してうっとりとさせるとき
心の底の底で燃え止まぬだけに十分強い行為への要求を感じる人はまことに稀
れだ。

たぶん英雄らと、そして夭折する運命の人々は——
(園丁なる「死」は彼らの血管を、別様なふうにカーヴさせせた)
この人々は突進し、彼ら自身の微笑よりも先を往く、
あたかも、エジプトのカルナクの寺に在る優雅な浮出しの絵の戦車の馬が　戦
　勝の王に先立つように。

ふしぎにも、夭折する人々と英雄とは相似ている。ただ生き存えるということは
彼らの心を誘わない。彼らの登昇が彼らの実在だ。絶えず
彼らは高まり行き、そして到るところで待ち伏せしている危難の
新たな変容した星座（運）の中へ入り込む。ああ、そこまで彼らに蹤いて昇る者は稀れだ。しかし
われらには黙して語らぬ運命が英雄なる彼に向っては感激を示し
そして一つの歌のように、ざわめく世界の嵐の中へと彼を搬び入れる。
まことに私に聴える彼の声は無比だ。そして突如とやがて
彼の声の昏み行く調子が　嵐のように私の心をつらぬく。
それから、私はまったく憧れ心につかまれる——

未来の腕(かいな)に凭(よ)りすがって坐り
サムソンとその母との物語りを
(この母は、初めのうちはうまずめであり、後には十全な子を生んだ)
読む子供で、今も自分がありたい、という憧れに。

母よ、おんみの衷(うち)にあるとき早くも彼は
その王者的な選択を行いつつ、早くも英雄だったのではないか?
無数の者が胎内で、彼たらんと欲していた、
しかし見よ、彼こそ摑み、他を排し、選び、そして力量を持っていた。
そして彼が柱を圧し倒したのは、それは彼がおんみの胎内から更に狭隘(きょうあい)な世界
　へ飛び出して来て
この狭い世界でもなお、選択と能力とを継続したことなのだ。
おお、英雄らの母たちよ、おお、激流の始源よ！　おんみら山峡(やまかい)よ、

心情の高い絶壁から、早くも未来の息子らの犠牲となるべき少女らは
嘆きながら、その山峡に飛び入るのだ。
情愛のすべての経路・段階を、英雄は忽(たちま)ちにくぐり抜け、
愛の宿りのそれぞれが彼を高め、また彼を想う心の鼓動のそれぞれが彼を前進
させ、
早くも彼は、多くの微笑の尽きる終点で振り返り、その姿は別人のように新し
い。

第九の悲歌（エレギー）

『ドゥイノの悲歌』より

われらの僅かな存在を過ごすためなら
葉のはしばしに（風のほほ笑みのような）さざなみを立てながら
ほかのどの樹より少し暗い姿して立つ
月桂樹として生きてもいいのに、なぜ
特に人間の存在を生きねばならないのだろう？
――そしてなぜ運命を避けながら
運命を求めて生きねばならないのか？……
おお、幸運が在ることが　その理由ではない。

幸運とはやがて間近(まぢか)く来る喪失の前面の部分(フォーアタイル)を　早まって利得(フォーアタイル)として取ることだ！

好奇心からのことではないし　また感情を試めして使うためでもない、

感情は月桂樹の衷(うち)にも在るかもしれない……

だが人間が人間の存在を生きる理由は　この地上の今を生きることそれ自身が大したことだからだ。そして

われわれ人間の存在が　現世のすべてのものにとって必要らしいからだ。

これら現実のほろびやすい物たちが　最もほろびやすい存在であるわれら人間にふしぎに深く関わるのだ。おのおののものはただ一度だけそのものとして在る。

ただ一度だけだ。それ以上ではない。そしてわれらも

一度だけだ。ふたたびはない。しかし一度だけ存在したということ　地上に実

存したこと　これはかけがえのない意味のことらしい。
そしてわれらは急(せ)き込んで　地上の存在を果(はた)そうとする。
それを　われらの素朴な両手の中に
ますます物の満ちあふれる視力の中に　そして表現の術(すべ)をもたぬ感情の中に保とうとする。
地上の存在そのものになろうとのぞみ　それを誰に与えるということもなしに
むしろすべてを永久に持っていたいと思う……ああ、別の世界へまで
何を持って行けるのか？　丹精して身につけたものの見方を持っては行けない。またこの世のどんなできごとも持っては行けない、どれ一つ。
いろいろな悩みを持って行くか？　とりわけ重かった体験を持って行くか？
永いあいだの愛情の経験を持って行くか？
これらはどれも　表現するすべのないものだ。そしてもっと後に

他界の星々の中へ立ち交れば　それも取るにたりない。他界の星々は　更にみ
ごとに表現を絶している。
しかし地上の旅びとが高い山の絶壁から谷間へと持って帰るのは表現の仕よう
のない一握の土ではなく
黄いろと青のりんどうの花だ。これは山が実現した純粋な表現なのだから。
たぶんわれら人間が地上に存在しているのは　家　橋　泉　門　甕　果樹　窓
とことばで言い現わすためだ
せいぜい　円柱　塔　と言うためだ。しかし理解せよ。それは
物たち自身さえも内心に　そういうもので在るとは　みずから思いがけなかっ
たようなふうに言うためだ。
無言の大地が　地上に恋びとたちを作り出すのは
恋びとたちの感情の中で　ひとつひとつのものが恍惚として変容するようにと
の

大地のひそかなたくらみではないか？
住居の入口の敷居――住んでいる恋びとたちよりも旧い家のこの物を　恋びと
　たちは
以前の人々の後に　そして未来の人々に先だって、
何と軽やかに踏んで変容させながら使うことか！
この地上の存在は　言い現わせるものの時間であり　そういうもののふるさと
　である。
言い現わしたまえ。それによって心を告げ知らせたまえ。今の世では、
体験のできる物たちが　かつてなかったほどに衰えてほろびる。なぜなら
それらの物を押しのけて取って代るものが魂の象徴を伴わぬような機械製品だ
　からだ。
外殻だけのものが作られる。そしてそれらの外殻は
その内部から行為が成長して　それが限定の仕方を変えると　やすやすとこわ

れてしまう。
機械の鎚と鎚とのあいだに
われわれ人間の心が　生きつづける――あたかも
歯と歯とのあいだで
依然として頌めることをやめない舌のように。

天使に　現世を頌める歌を聴かしたまえ――言えない世界の頌歌ではなく　現
世の。なぜなら
君は君の感情でつかんだものの壮麗さによって天使を圧倒することはできはし
ない。
天使が一層みごとな感受の力で感じている領域の中へ君が入り込めば　君は初
心者でしかない。
されば素朴な物を天使に示したまえ。代を重ねるうちに形をなし

われらのものとなっており　手のそばにまた眼なざしの中に生きている素朴な
　物を。
物たちを　天使に言いたまえ。天使はそのために一層驚嘆するだろう。それは
　君自身が
ローマの綱匠（つなつくり）のところで　またはニール河畔の陶工のところで驚嘆したよう
　に。
天使に示すがいい――一つの物が　どんなふうに幸福に無邪気に　そしてわれ
　らのものとなることができるかを。
みずからを喞（かこ）つ悲しみが　どんなにして音楽表現の純粋なかたちを取ろうと決
　意し
それが物として奉仕し　あるいはまた物となるために死に――そしてなおもそ
　の状態の彼岸（ひがん）で清らかに幸福に提琴から出てただようかを。そしてこれら
　の

ほろびながら生きている物らは　君がそれらを頌めているのが解るのだ。無常迅速の
それらの物が　われわれに——最もうつろいやすいものであるわれら人間に
——救いの力を貸してくれる。
物たちがのぞんでいる——われらの　見えない心の奥底で　われらが物たちを転身させることを
おお、限りなく　われら人間のうちへ転身させることを！　結局われら人間の本質がどうであろうとも。

地よ、おんみはのぞんでいるのではないか——見えないものとなって
われらのうちに復活することを？——一度見えないものとなることこそ
おんみの夢みている願いではないか？——地よ！　見えなくなることこそ！
おんみがわれらに課する使命とは　われらがおんみを転身させることではない

か！

地よ、わたしが愛するおんみよ、わたしはその使命を果したい。おお　おんみへ私を惹きつけるには

おんみのいくつもの春が　もうわたしには必要でなく

ああ　たった一度の春だけでも　すでにわたしの血にはあまる。

言いつくせぬほどわたしはおんみに帰依して　遠くからの決意をもっておんみに到達する。

おんみはいつも至当であった、そしておんみの聖なるもくろみの中で

信頼をもって死ぬことができる。

見よ　今わたしはこんなに生きている。何によってか？　わたしの幼い頃もまた未来も

少しも減ることはなく……ありあまる現存がわたしの心の中に湧きほとばしる。

記念の石を建てるな

記念の石を建てるな。ただ年ごとに
薔薇の花を咲かしめよ、オルフォイスのために。
オルフォイスの　限りのない転身は
あらゆるものの中で実現せられる。われらは

いろいろの名称にばかり苦心していてはいけない。
まことの歌が在るときに　その歌がオルフォイスだ。彼は来ては去る。
彼が薔薇のさかずきの上に　しばしば幾日か
足を留めることすらも　大したことではないか？

おお　何と必然に　彼は消えねばならぬことか――そのことを理解したまえ！
彼自身　消えるを懼(おそ)れるときでさえ　彼は消えねばならないのだ。
彼の言う言葉は「此処(ここ)」を超え行きつつ

その言葉に君たちが随(つ)いては行けない「彼処(かしこ)」に早くも彼はいる。
陳腐な歌が編んで造るしがらみは　奏でる彼の手を縛らない。
そしてオルフォイスは　絶えず過ぎ超えながら従順だ。

Errichtet keinen Denkstein

頌めること

頌めること、それがオルフォイスのこと！　頌める使命を授かっている彼は
現われ出た、――鉱石が　石の無言から現われるように。
彼のこころ、おお　それは過ぎ行きながらしぼり採る、
人々のために限りもない美酒と成る汁をしぼり採る。

神々しい範型が彼の心をつかむなら
彼の声が塵に曇って役に立たなくなることなどはついぞない。
万象は葡萄の園と化し、葡萄の実の房となる、
彼の感受の　明るい光につかまれれば。

古(いにし)えの王らの朽ちた地下のおくつきで
彼が頌めうたを歌うときも、その讃嘆に偽りはなく
神々から刑罰の暗い翳(かげ)がさして来ることもない。

彼は永久な使者の一人だ、
死者たちの国の　戸口の中にまで遥かに
頌歌(ほめうた)の果実を載せた皿を差し入れる。

Rühmen, das ists!

われらを結合させる霊

われらを結合させることを好む霊に栄あれ、
まことにわれらは　さまざまな形容（フィグール）の中に生きているゆえに。
細かい歩調で　時計らは歩む
われらの本来の日の歩みと並んで。

われらは自分らのまことの位置を知ることなしに
実在的な関係（ベツーク）の内部から行為している。
触角が触角を　感じ　識（し）り
そして空（くう）な遠さが

純な緊張を担った。……おお　諸力の音楽よ！
おんみから　障害のひとつびとつが
嶮しすぎない計らいによって除かれたではないか？

種が転身して夏に化すとき
それを成就させるのは農夫の計らいと行為だけでさえない。
地が贈るのだ。

Heil dem Geist, der uns verbinden mag

いちばん底には

いちばん底には
すべての仕組の　古い　糾(もつ)れた根
隠れている　みなもと
それは　人々には観られなかった。

鉄かぶと、猟の角(つの)ぶえ、
長老たちの箴言、
同胞(はらから)相せめぐ　男たち、
ラウテ*のような婦(おんな)たち……

枝が枝に接迫しつつ伸びる、
何処にも　一つも　自由な枝がない……
一つだけある？……おお　伸びよ　おお　育て！

だが未(ま)だ　折れる枝が多い。
この一つの枝だけが　頂きに到って初めて
身を屈げて　竪琴と成る。

＊ラウテ――最古の絃楽器。

春がまた来た

春がまた来た。大地は
詩をおぼえた一人の子供のよう。
おお　たくさん　たくさん知っている。……永い間の習得の
骨折りに対して　大地が褒美をもらう。

大地の先生は厳しかった　僕たちは好きだった、
年老いた先生の　あごひげの白さが。[*]
今や僕たちは訊いていいのだ――「緑とは　碧とは　何のことです？」と。
大地は答えることができるのだ。ほんとにできるのだ！

自由になった幸福な大地よ　さあ遊べ
幼い者たちとさあ遊べ。僕らは君をつかまえるよ、
楽しい大地。いちばん楽しい者がつかまえる。

おお　先生から習ったいろんなこと、
根の中や　苦労した長い幹の中に記してあることを
大地がうたう　大地がうたう。

*冬の雪のこと。

われらは忙(せわ)しく

われらは忙しく急(せ)いて走る。
だが　時代の足取りを、
永(とこしな)えに恒常なものの中での
些細なこととして見為(みな)せ！

すべて慌しいことどもは
じき過ぎ去って　消えるだろう。
永くとどまるものが初めて
われらを祓(はら)い清めるものだ。

若者らよ、おお　勇気の全部を
投げ与えるな、速度の中へ、
飛行の試みの中へ。

万象は　あくせくしない生気に生きる。
暗さと明るさ
花と本(ほん)。

Wir sind die Treibenden

転身を欣求せよ

転身を欣求せよ。おお　焔のために感激せよ、
その火の中で、転生を仄めかす或るものが　君からすり抜けて過ぎる焔のため
　に感激せよ。
現世のものを統べている、常に企てているあの霊は
ものの姿の勇躍の中に唯　転身の曲り角だけを愛する。

滞留へ己れを極めるものは早や　硬化凍結したものだ。
貧困な灰色の隠れ家に護られて　それで安全だと思うのか？
見よ、遥かかなたから、或る最も堅いものが頑に成るなと戒めている。

畏れよ――見えない鎚が身構えている！

泉となってみずから与え灑（そそ）ぐものを、認識が　認識する、
そして歓喜して認識が彼を導く、朗らかに造られたものの中を。
朗らかに造られたものはしばしば、始まりと共に終り、終りと共に始まる。

幸福の場所はいずれも　別離の子か孫だ。
その子　その孫は　この幸福の場所を　讃嘆しつつ遍歴する。
月桂の樹に転身したダフネは　わが身を月桂樹だと感じて以来、
君が転身して風となることを望んでいる。

静かな友よ

数々の遥かさに生きている静かな友よ、感じたまえ
君の呼吸が　更に拡がりを増しているのを。
真暗な鐘楼の中全体に
音となって轟(とどろ)きたまえ。君を食いほろぼすものが

一つの力となるのだ――糧(かて)である君の上方(うえ)で。
出で入りたまえ、転身の道程を。
君の最もつらい経験も　何ほどのことぞ？
飲むことが君に苦(に)がいなら　葡萄酒に化したまえ。

この夜（よ）　君のあらゆる官能の十字路で
みなぎり溢れる不思議な力を
化したまえ——それらの官能の稀有な出会の意（こころ）と化したまえ。

そして君が現世のものに忘却されたら
静かな大地に言いたまえ——「僕はほとばしる」と。
急流に向って言いたまえ——「僕は在る」と。

しかし神よ*

しかし　神よ、人々に
歌を聴くわざを授けたおんみに　何を捧げよう?
おお　あの春の日の思い出を
ロシアでの或る夕暮を――一匹の馬を語ろう……

遠くの村から　その白い種馬は来た、
前脚の足枷(あしかせ)に附いたままの棒杭を引きずりながらやって来た、
草原の夜(よる)の闇に　たった独りでいるために。
渦巻いている鬣(たてがみ)が頸(うなじ)の上で　何とはためいていたことか

剛愎（ごうふく）なリズムをつけた　大ざっぱに自制している駆け足で来たときに！
そして速（はや）り立つ血の中から　何たる泉が湧いていたか！

途方もない大きな拡がりと高さとを　確かにあの馬は感じていた。
馬は聴いていた、馬は歌っていた――オルフォイスよ、
おんみの伝説のうたの環が　馬の中に籠（こも）っていた。
受納せよ、あの馬の絵姿を。

*オルフォイスのこと。

Dir aber, Herr,

ヘルダーリーンに

たとえ最も親しいものの許(もと)にすら
滞り留まることは人間のさだめではない。精神は
己れの充たした形象から立ち出でて、突如と充たすべき形象へ進む。
精神が、湛え休らう湖(うみ)の姿と成るのは永遠の中に到って始めてそうなるのだ。
　此処(ここ)では
たぎち流れることこそ最も有為なことだ。——
すでに果(はた)しえた情感から、予感されている情感へと滝のように進みつづけるこ
　とこそ。
おんみ、形象をまことに生かした頌(ほ)むべき人よ、おんみにとっては

おんみに言い現わされたとき全生命は、先へと迫る絵姿だった、
詩の一行一行は運命のように強くまとまりつつ
最もおだやかな行の中にさえ　死が含まれ
おんみは　その死を踏んで進み
しかし先立って進む神が　おんみを死の彼方へと導いた。

おお　限りなく転身する精神よ、おんみ最も転身する精神よ！　何とすべての
　詩人らは
仄温い詩を家として　心たりていることか、何と永いあいだ
貧しい比喩の中に滞っていることか。彼らは引き留められる。おんみのみは
常に往く、月のように。そしておんみの下の方(ほう)で
聖なる愕(おどろ)きに撃たれている夜(よる)の風光が
明るみ　また翳(かげ)り、その風光をおんみは常に別離の中で感得する。

おんみこそ最も崇高にその風光を表現し、それを最も健やかに
また完璧に全体へ還した。それゆえにまた
もはや計算されぬ歳月*の中でも　神々しく
おんみは限りのない幸福を遊び相手として、あたかも
その幸福が　もはや内心だけのものではないかのように、
その幸福は別にもう誰の所有（もの）とも決められず
神々しい子供らが柔かな、まわりの草原へ置き忘れて行ったもののようにさえ
　見えた。
ああ、最高の詩人らが獲たいと望むものを、おんみは欲しがるまでもなく
一つ一つと積み重ね、それは建った。しかもそれが再び崩れ落ちても
おんみの心はそのために迷（まど）いもしまい。

こんなまことの永遠の詩人が生きていたのに
なぜわれらは　この世のものを未だ本当に信じようとはしないのか?
過ぎやすい眼前の存在そのものによって真面目に学び識るべきではないか
将来の拡がりの中での大切な傾きに対する感じを。

An Hölderlin

*ヘルダーリーンが狂気した後の歳月。

愛に生きている者でさえ

愛に生きている者でさえ　おんみらを
十分に隈(くま)なく観ることはあるまい、無限の者たちよ。
愛に生きている者の眼が仄かに輝いて仰ぎ見る
一つの顔さえ　誰にも読みつくせない。

詩人は望む、これやあれやの形象によって
おんみらを　象徴的に　慎重に　証(あか)ししようと。
それゆえ詩人は　おんみらの跡を尋ねて次第に高く昇り
いつしか天の領域に入って　愕然と佇立(ちょりつ)する。

結局　詩人がおんみらに最も近づいている時とは、
彼が突如と甘美な悲しみにつかまれたかのように
庭の小路(こみち)を去りがてにするような場合なのだ。

そのとき　とかげは急に身動きし　逃げ去った、
そのとき　詩人は葡萄畠のぬくもりのある塀に
ほとんどおごそかに　虚しい両手を当てている。

Der Liebende wird selber nie genug

涙を容れる小さな壺

ほかの壺らは葡萄酒を容れる、油を容れる。
うつろな腹の中にそれらを容れ、壁面の形が酒や油で書き直される。
もっと小型で、そして最も細長い姿をしている私は
別の用途のための、落ちる涙のためのうつわなのだ。

葡萄酒は　壺の中で　いっそう豊醇になるし、油はますます澄む。
涙のために　この私はどうなるのか？――涙は私を重くした。
私を盲（めしい）させた、私の　たわんでいる角（かど）の辺りの色を変えた。
ついに私を脆（もろ）くして、私からすっかり流れ出て行った。

Tränenkrüglein

ほとんどすべての物から

ほとんどすべての物から　感受への合図が来る。
向きを変えるたび毎に、追憶を吹き起す風が来る。
何気なく見逃がして過ぎた一日が
やがて自分へのはっきりとした贈りものになって蘇る。
われらの収得は誰にも計算ができない。われらの古い、過去の歳月から
われらを誰も引き離しはしない。
これまで常にわれらの経験してきた唯一のことは
一つの物がまた別の物の中で認識されるということなのだ。

われら人間に無関心な物が、われら人間に触れて暖まるということなのだ。
おお、家よ、おお、牧場の斜面よ、おお、夕べの明るさよ、
急におんみが　何ものかをほとんど顔のそばまで近づけて
そしておんみは、われらを抱き、われらに抱かれて立つ。
ありとあらゆる存在を通じて　一つの空間が拡がっている。
それは世界の内在的な空間だ。鳥たちが静かに
われらをくぐって飛ぶ。おお、成長し拡がろうとする私は
外を観る、すると　私の中に　樹が成長する。

私は自分を配慮する。すると　私の中に　家が立っている。
私は自分を見張りする、すると私の中に見張りの牧（まき）がある。
愛を受ける者に私が成ると、美しい自然の姿が
私に凭（もた）れて憩い、そしてそれが　心ゆくまで泣いて泣き止む。

おお　友らよ、いろいろな機械が

おお　友よ、いろいろな機械が
われらの手を仕事から駆逐するのを新しいことと思うな。
さまざまの過程にすぎないものに惑わされるな。
今「新しさ」を讃(ほ)めている者も　まもなく消え去るだろう。

海底電線や摩天楼よりも
全宇は　無限に遥かに新しい。
見たまえ、星々は昔ながらの火を今も点(とも)しているが
星よりも新しくともった幾多の火が消え失せる。

最も遠くとどく機械的な伝導力が
未来の車輪をまわす唯一の力だとは信じるな。
なぜなら　永劫は　永劫と語る。

われら人間の経験以上の出来事が全宇の中には在る。
そして未来は、最も遥かなものを
われら人間の内的な真面目さと全く合体させる。

O das Neue, Freunde, ist nicht dies

ひとりの人間が

一人の人間が　今朝ほどにも
覚め切ったことは　かつて無かった。

花ばかりでなく　小川ばかりでなく
屋根さえもが　歓喜している。
屋根の　旧びゆく縁（へり）さえも
空のひかりに　照覚して感応を持ち
それ自身　風光であり
答えであり　世界である。

一切のものが息づいて　感謝している。
おお　夜（よる）のさまざまな困厄（こんやく）よ
おんみらは痕かたもなく　消え去った。

光が群れ群れて重なり合い
そのために昏（くら）くさえ感じられる。
純粋な自己矛盾であるこの昏さ。

スペイン三部曲

ああ　今しがた光っていた星を
こんなに荒々しく隠しているこの雲を――（そして　私を）、
そして今しばらく夜の闇と夜風とを持っている
あの向うの山を――（そして　私を）、
裂けている雲のひまから照る輝きをとらえている
あの河を、谷間の河を――（そして　私を）
私と　そしてこれらすべてのものを
唯だ一体の物となしたまえ、神よ。私と　そして
家畜の群が囲いの中へ帰りながら

世界が大きく暗くかき消えるのを息を吐いて肯うときの感情と
私と、そして数多の家の暗がりに照る一つ一つのともし灯とを
神よ、唯だ一体の物となしたまえ。この土地の未だ識らぬ人々と（私は誰一人
　をも識りません）
そして私とを、更に私とを
一つの物になしたまえ。眠っている人々と
巡礼宿の寝床の中で大きい咳をしている
あの見知らない老人たちと
馴れない胸に抱かれてまどろんでいる子供らと
定かでない多くのものと　そして私と
ほかでもない　この私と、そして私の見知らぬものとを
一つの「物」になしたまえ、神よ　神よ　神よ、
一つの流星のように　宇宙的で地的な、

そして重さの中に唯だ飛行の合計だけを持っていて
到着以上には少しも重くない物となしたまえ。

⁂

なぜ一人の人間は　自分にとって結局無縁なものを
夥しく身に附けて持ち搬ばねばならぬのでしょう。
ちょうど　自分には縁も無い内容がだんだん重くなるバスケットを
市場の店から店へと運び、　しかし「主よ、　宴会などが何になるのです?」とは
　言えず
重たげに　後から随いて行く運搬人のように。
また　なぜ一人の者は牧者のように佇まねばならぬのですか、　その者は
過剰な影響に曝されて

事象に充ちたこの拡がりに浸されているために、
風景の中の一本の樹に凭(もた)れながら
もはや行動しないで運命の全部を持つかのようです。
しかも彼の大きすぎる眼なざしの中には
自分の羊群を観るという穏かな慰めがないのです。
その眼なざしには、働きかける宇宙しか無く、俯(ふ)していた眼を挙げるたびに働
　きかけて来る宇宙しか無く
下を見ても働きかけて来る宇宙しか無いのです。ほかの人々には雑作(ぞうさ)なく身に
　落ち着くものが
彼にとっては押し迫って来て、音楽みたいに激しく
盲目(めくら)滅法に血の中へ入り込んで、転身しながら過ぎ行くのです。
彼は夜(よる)の中でも起き出でて　家の外の鳥の叫びを

早くも　自分の存在の衷（うち）に持ち
冒険的な自分を感じる。なぜなら
あらゆる星を自分の顔に　重く受け取るために。
おお　恋びとのためにこの夜（よる）を準備して
すでに感情へ融け込まして持っている天によって恋びとを甘やかす人のように
　は　彼は空を受け取りはしない。

⁂

私が再び町々の雑沓と
雑音のもつれた束（たば）と
乗り物の入り乱れる動きとを身のまわりに持つときに
その繋き紛糾を超えて

私は思い出したい、空と　そして
家に帰る羊の群が通って来た土の山鼻とを。
私の心が　石のようにしっかりしていてくれるといい、
そして牧者が日常の仕事をやるような風に　私にもやれるといい、
牧者は　堂々と歩き日に灼けて褐色となり　そして程よい距離を計って石を投
げ
羊群の列がほぐれると　ととのえる。
ゆっくりとした足取りは軽くはなく、考え深い身体を運び
しかし立ち留まるとき　その様子はすばらしい。
恐らくは一人の神が少しも卑下はせずにひそかにこの姿の中へ忍び入りそう
だ、
牧者はこもごも　立ち留り　また歩く——日そのもののように。
そして雲々の翳が彼を通り抜ける

あたかも　拡がりが
ゆっくりと　彼のためにさまざまの思想を考えるかのように。
とにかく彼が　あなた方のために手本として役立つがいい。ランプの蔽(おお)いの下
で
風に靡(なび)いている灯のように　私は自分を　彼のまん中に置く。
すると　或る輝きが　澄んで落ちつく。死は
いっそう純粋な道を見出すことだろう。

根の中で幽暗に改まる

根の中で幽暗に改まる
あの遍(あまね)きものの中から　早くも樹液は
光に向って立ち還り
まだ風を恐れて包まれている緑の色の清さを養う。
自然の内側が生気づきながら
ありとある物らへの喜びの促しを秘めている。
一年(ひととせ)じゅうの若さが今身を起して
人知れず忍び入る——硬(こわ)ばっている茂みの中へ。

くるみの老樹の頌（ほ）むべきたたずまいが
灰いろで寒いままに、未来に充ち
しかし若葉は　控えめに顫（ふる）えている、
小鳥らの予感を乗せて。

Schon kehrt der Saft

VERGER（果樹園）

I

私が借りてつかう言語*よ　敢えておんみによって詩を書くのは
常に無比の魅力で私の心をとらえて悩ました
あの鄙（ひな）びた一つの言葉
Verger（ヴェルジェ）という字を使ってみたいためだったかのようだ。

あわれな詩人　わたくしは
この言葉の含むもののすべてを現わすために

いくらか取りとめのなさすぎることを選び取るほかはなく
ともすれば、果樹園を護る囲いだけを描くことにもなる。

果樹園（ヴェルジェ）、おんみを気がねなく素直に称えることができるのは
それは　一つの竪琴にとっての特権だ。
蜜蜂たちを惹き寄せる無比の名よ
息づく名よ　そして　待ち受けている名よ……

古代風の春を隠して持っている明るい名
全く透明で、しかも全く充ちている名。
そしてこの名は　均斉のとれている綴りの中に
すべてを豊かにしながらみずからが豊饒（ほうじょう）になる。

Ⅱ

人間のこんなにたくさんの重ぐるしい憧れは
どんな高い太陽に引きつけられているのか？
君らの言う　その熱情のための
ほがらかな青空は　どこにあるのだ？

われら互いを喜ばすためには
そんなにも互いに他に寄り懸る必要があるのだろうか？
われらは男らも女らも互いに　軽く軽くあろうではないか？
たくさんの相反する力によって
激動しているこの地上のために。

果樹園(ヴェルジェ)を　よく眺めたまえ。
果樹園が実りのために重くなるのはやみがたい
しかも　この窮屈さそのものから
果樹園は　夏の幸福を作り成す。

Ⅲ

地が　いともありありと生きているのは
お前の枝々の中なのだ、おお　ブロンド色の果樹園よ
芝生の上にお前の幾多の翳(かげ)が作る
レース細工の中でこそ　大地が最もかろやかだ。

われらのためにまだ永く剰(あま)されている実と

重荷になって垂れている果実と　そして
われらの身を養う果実とが一斉に在るのは其処だ。
限りのない優しさの　明らかないろいろの度合を示しながら——

しかし　お前の中央に在るのは静かな噴泉
それは年を経た円盤の中でほとんど眠っている。
この噴あげは　己れと周囲との対照をほとんど露わには示さぬほどに
その対照を　自分の中へ溶かしている。

Ⅳ

一つの鄙びた過去によって
賢こげであどけなくあるようにさせられた

そして今では用途の外へ置かれたこれらの神々の像は
彼らの優雅さを　どう使うのか？

蜜を集めて飛びめぐる蜜蜂たちは
あたかも　うなりの帆を懸けているかのように
たくさんの果実をめぐって航行する——
（これは神々しい専念だ）

たとえ放置されていても
どの蜂も　航路からはずれて出ない。
おりふしわれらを嚇（おど）すものらは
神々（こうごう）しい仕事をしていない神々だ。

V

この果樹園の全体があたかも　君の肩を包む
君のあかるい着もののようだった！
君の足取りの下でしなうやわらかな芝生が
君には大きいなぐさめだった！

だが　時として　全く偉きなものとなったかのような
果樹園のちからに君は圧されて歩くこともできなかった。そんなとき
ためらいがちな君の存在を
果樹園と　そして蒸発する時間とが　くぐり流れた。
ときどきは　一冊の本が君の散歩の道づれだった……
だが園の　とりどりに豊かな風光に附きまとわれる君のまなざしは

日蔭の水の鏡に映って戯れ動くものの形をいつまでも見まもった
――たえまなく動きながら徐ろにまた同じ形を取り戻すその戯れを。

Ⅵ

幸福な果樹園よ、それは専念している、
あらゆる果実の無数の面をみごとに完成する仕事に。
それはよく知っている、自分の　永い永いあいだの本能を
現在の瞬時の若々しさに従わせるすべを。

お前の仕事の　何と美しく　何と秩序のあることか！
そのいとなみは　捩れた枝々の中でしきりに励み
ついには枝々の力に魅惑され　恍惚として

大気の静寂の中へ溢れ出る。

お前の受ける危険と　私の受ける危険とは
全く同胞（はらから）のようなものではないか、おお　果樹園よ　わが兄弟よ。
はるかな遠方からわれらに来る同じ一つの風が
強いて　われらを　心やさしくそして厳しいものとするのだ。

＊リルケがフランス語で詩作すること。

おお　我が友ら

おお　我が友ら、君たちの誰ひとりをも
わたしは否認しない。――通りすがりに識(し)っただけで
その人の　見きわめがたい生(いのち)のうち　ただ見開かれたためらいがちな
優しい眼なざしだけを　私がおぼえているような友だちをも。

どんなにたびたびひとりの人は　自分でも思いがけなく
その眼や　または　その身振りで
対手(あいて)の　かすかな遁走を引き留めて
明らかな一瞬時を　対手の心に印づけることか！

未知の人々！　彼らはわれわれの
その日その日が仕上げる運命へ　深くかかわる。
おお　つつましい　未知の婦人(ひと)よ　あなたの眼を挙げて
私の放心に　集中の機会を与えたまえ。

わがすべての別離は

わがすべての別離は果された。数多くの出発が
一つずつおもむろに私を形づくって来た、幼い頃から。
しかし私はやはり戻る、私はやり直す。
こだわらないこの帰還が　私の視力を解放する。

これから私のなすべき仕事は　解放された視力を満たすことだ。
そして常に悔いのないわが喜びとは
別れを告げて見うしなった多くのものに（それらが我らに仕事を促す）
照応する多くのものを慈(いつく)しんでいることだ。

Tous mes adieux sont fait...

山の路の中ほどに

山の路の中ほどに　地と空とのあいだに
留(とど)められている土地、
水の声と　鐘の声とを持つ
優しくて堅い、若くて古い土地。

それは　よろこび迎える手のほうへ
挙げられている一つの捧げ物のようだ、
完成している　美しい土地、
それは麵麭(パン)のようにあたたかい！

光の薔薇

光の薔薇、それは今　こまかく砕ける一つの壁——
しかし　丘の傾斜（なぞえ）の上で
プロゼルピーヌ*の身ぶりをして
高々（たかだか）と　ためらいがちな　この花。

たしかに多くの夕翳（ゆうかげ）が
この葡萄樹の　樹液の中に忍び入る
そして　この明るさの過剰、これが
葡萄樹の上で雀躍して　路の姿を昏（くら）ます。

＊ギリシャ神話の冥府の女王。

美しい蝶

地面に近く　美しい蝶が
注意ぶかい自然に向って
つばさの本をひろげて
色刷りの模様を見せている。

ひとが薫りを吸う花の端(はし)に
もう一つの蝶が　翅(つばさ)を畳んでいる——
これは読み方の時間でない。
そしてまだたくさんの　ほかの蝶

小さな碧(あお)い蝶たちが
ただよい　飛び　散りみだれる。
愛の心のこもる便りの
青い破片が　ひらひら風に舞うようだ。

愛するひとがおとずれて来て
戸口でためらっているちょうどそのとき
その人に宛てて書きかけた手紙をこまかく引き裂いた
その青い紙ぎれが　風に吹かれて散るようだ。

Beau papillon...

夏

夏幾日（いくにち）かを
咲いている薔薇たちとともに生きて
ひらいている彼女らのたましいの
まわりにただようものを呼吸する。

散ってゆくひとつびとつの花を
心をうち明ける伴侶（とも）となし
散ってゆくこの姉妹に先立たれる、
それは、ほかのどの花の中にももう居ない。

女友(とも)よ、これは私たち自身でしょうか

女友よ　これは私たち自身でしょうか　それとも　私たちをなかだちとして
すでに亡(な)い人々の面影が　互いに挨拶を交わすのでしょうか?
われらが開いて保っているわれらの心をくぐり抜けて
神が通り過ぎます――足に翼のある神が。

詩人らの心をつかむのはこの神ですね、
詩人らのほうで気づかぬうちに　彼らはこの神に識られ
早くも　それと認められ
そして選ばれる――測り難い仕事のために。

まだ意欲されていないものを
看て取る力は　ただこの神にだけある。
二つの昼に支えられている夜（よる）のように
急に　この神がわれらの二つの生の間に顕（あらわ）れる、——ためらいがちな星々に装
われて。

この神の叫びは　われらの衷（うち）なる詩人に語りかけます。
——それで　あなたの心は静かに灯をともし、私の魂も燃える。
われらの明るむ顔を横切（よぎ）って、
その神が投げています、彼（かれ）の暁の鳥たちを。

Est-ce bien nous, amie,

心の山々の上に曝（さら）されて

心の山々の上に曝されていると、何と小さく見えることか
言葉の最後の村落が。
更に高く登ると　感情の
最後の農園もまた何と小さく見えることか！――それが
まだ君には見分けられるか？
心の山々の上に吹き曝されて。手の下に石の礎（いしずえ）。
ここでは　まだいくらかは花が咲く。
無言の岨路（そばみち）から一本の　知識を知らぬ草の花が　歌いつつ咲いて出る。
しかし知識を持つ者は？　ああ知り初めた者が今や黙る

――心の山上に吹き曝されて！
その場所で山のいくたの獣らは
すこやかな自覚をもってあちこち歩き
安全なこのけものらは　移り　或いは留まる。
そして　大きな安全な鳥が
頂きの純粋拒絶をめぐって翔(と)んでいる――しかし
心の山々の上に　隠れ家はない……

Ausgesetzt auf den Bergen des Herzens

心の山頂で

心の山頂に曝（さら）されて戦っている者へ
これを最後としてもう一度
谷間の薫りが吹いて来た。
彼は飲んだ、最後のそよかぜを
夜（よる）が風を飲むように飲んだ。
真直（まっす）ぐに立って、そして飲んだ――それから
ひざまずいてもう一度飲んだ！　石ばかりの
彼の領域の上で、不動の空の奥が
崩れた。星々は

人間の手がもたらす富を集めない。星々の光は何も言わずにあたかも風の便りのように横切る(よぎ)、涙に濡れている一つの顔を。

人々に共通な

人々に共通な一般の歩き方を
どうしても覚えられない人々が存在しているのを
ほんとうに私は識(し)った。
とつぜん花咲く
天の中へと昇ることが　彼らの出発だった。飛翔——
愛の数世紀をくぐり飛ぶことが
彼らには　いちばん手近な、そして果(はて)のない進み方だった。
微笑が終りもせぬうちに

早くも彼らは　歓喜のために泣いていた。
まだ泣きも果てぬうちに
彼らの歓喜は　早や永遠なものになっていた。

尋ねるな
彼らが　どれだけ多くの時間を感得したかとは、
どれだけ多くの時間を　まだ生きるかとは。なぜなら
目には見えないもろもろの天、言いがたい幾多の天が
内部の風光を超えつつ　その上に高く在る。

運命も　それらの天の一つ。この天の下では人々は
一層はっきりと姿が見えて、塔のように立つ。また崩れる。
しかし　自分らの没落をさえ恋びととして愛する者らが

永遠に立ち現われる。なぜなら　永遠なものには
その終末は無い。一度放った歓呼を
其処では　誰も　取り消しはしない。

われらの悲しみの緑いろの揺籃（ゆりかご）

われらの悲しみの　緑いろの揺籃が
何と密度を増したことか！　つい数年以前（まえ）ならば
われらは自分の心のために
これが　こんなに昏（くら）い不思議な隠れ家だとは思えなかったろう。

あの当時なら　吹く風が
われらの愛の傷口から　静かな炎を奪い去ろうとすればできたのだし
われらの魂の中にまで
不安な時間の冷い光が落ち込もうとすれば　それもできた。

しかし今では　われらはこんなに
ますます高く密に成るわれらの悲しみに守られて
静謐な顔をして燃えている——風からは防がれて。

碑銘*

薔薇の花よ、おお　純粋な矛盾よ、
たくさんの瞼の下で　誰の眠りでもないことの逸楽よ。

*彼自身の墓のため、リルケによって作られた。

Epitaph

訳者のあとがき ——リルケの詩について——

ライナー・マリア・リルケは近代文学の空を不思議な力をもって飛びめぐる詩の鳥である。その声は清らかで透明であるが、その声が、聴く者の心に起こす余韻は複雑な現代的な明暗に充ちている。そして人はその余韻の反響を自分自身の生活の思いがけない隅々(くまぐま)に見出すとき、自分自身の生活に、一つの新しい慰藉のような或るものが附け加わって来るのを感じる。そしてそれを感じるときわれわれはライナー・マリア・リルケの詩の友となるのである。

✳

ドイツの詩人リルケは一八七五年にプラーハの町に生れた。彼の家系はオーストリアの旧い貴族の家柄だったと言われる。少年時代に両親の意志にしたがってプラーハの幼年学校にはいったが中途で退学して、その後ミュンヒェンやプラーハやベルリンで勉学し、そのあいだに彼の詩人としての素質が現われて来た。

今日彼の全集の中に『最初の詩集』として集められている作は一八九六年から九八年頃のものであるから、リルケが二十二、三歳頃に書いた詩であって、たとえば「ボヘミアの民謡」が示しているように、これらの詩はボヘミアの一青年の憧れの歌であり、「夢の冠りをかぶっている」若い魂の不安な自己探索である。調子にも表現にもリリエンクローンやハイネなどの影響はかなりはっきりと看て取られる。リルケは今なお彼の詩作の、ためらいがちな手さぐりの最初の道程にいるのである。

だがその中のいくつかの詩には、今日(こんにち)からかえりみて、すでにリルケ独自のひびきを示しているものがある。若いリルケの魂のもっともいちじるしい特徴は、ノヴァーリスのような純粋なドイツ・ロマン主義者と相通じるものであって、幽暗な甘美な憧れのちからに生(いのち)の基調を感じるのであるが、若いリルケのロマン的な憧れは、最初から一種明澄な結晶体をなしていて、この敏感な結晶体は、それを取り巻く世界の印象や反響に無心に虔(つつま)しく開かれているが、印象や反響はそれが詩となって再現されてみると、それらはすべてリルケの魂の清麗な結晶形によって濾過されている。すなわち、リルケには最初からロマン的な音楽性と古典的な造型性とを同時に求め、それらを綜合させるような詩魂の原形式（ウルフォルム）がある。このことは彼の詩作の全道程にとってきわめて大切な特徴であるように私には思われる。

塔の多いプラーハの都の「不思議に白い夜」や、孔雀の羽の美しさや、クリスマスの夜に近い頃の雪の森の「明日の祝祭への待望」やが『最初の詩集』の中に若々しい気品と音楽的な不安とをもってきらめいている。

一八九八年から一九〇一年までの詩作が『初期の詩集』に集められている。その序詩である「憧れとは……」のような作はすでにまったくリルケ的な詩だと言えるだろうが、表現の形だけから言えば当時のヴィーン及びフランスの象徴詩（サンボリスム）と近いものであろう。同時にまたこの詩は、『時禱詩集』の神秘主義的な表現のいちじるしい特色を前触れしていると言えるだろう。たとえば次のような表現である――「生きるとは――あらゆる時間の中の、もっとも孤独な時間が、ほかの姉妹たち〈他の時間〉とは違う微笑を浮べながら、永遠な者に向って沈黙するときまでのこと。」「貧しい言葉たち……」という詩も注目されていい。根本的なロマン主義者リルケは、その深いロマン主義のゆえにかえって過去のロマン主義の形を超克する要求を早くから感じている。日常の中で精彩を失わされた「あわれな言葉たち」をも「歌」の中へ仲間入りさせることをリルケはのぞんでいる。また「聴き入り、驚き見て」の中で――自分の魂を「もの想う物たちの上に、一枚の祝祭の布(きぬ)のように拡げたい」と言っているのは、意向も表現もまったくリルケ的だと言えよう。彼が後に『ロダン論』のなかで論じた「物たち(ディンゲ)」についての考えを、この詩句の観点から見てみるとうなずけるものがあるだろう。

「少女」を主題とする連作は、印象主義と象徴主義との入り交っている透明な美しい花輪のようだ。リルケがプラーハの都やその郊外で見たマリアの立像が、少女たちの姿の背後に、無言に高く立っている。これらの詩は、デンマークの作家ヤコブセン――『ニールス・リーネ』の作者――に対するリルケの熱心な傾倒、及びこの二人の詩人の本質的な類縁をはっきりわれわれに理解させるところがあるように私は思う。女性の魂に対するリルケの直観と理解は独自な深さと気品とを持っている。

⁂

『形象詩集』は一八九九年から一九〇五年のあいだに書かれた。

この詩集においてリルケの詩の世界はいよいよ確立して来た。表現と内容とが統合力を増して来た。リルケはおぼろな夢の世界から立ち出でて、現実世界の体験をいっそうつよくつかみ始めた。「或る四月の中から」は、春の日々の歩みを的確に精妙に表現している。夕暮の、昏（くら）みゆく石を濡らして過ぎる四月の雨が生き生きとわれわれの心の中をも降って過ぎながら、その爽やかな薫りを後にただよわせる。

「秋」や「秋の日」は、リルケの詩の中でももっとも有名なもので、ニーチェやデーメルの詩とも相似たところがあるが、或るきわめて微妙な音楽的な仄明るさはリルケ独得のものであり、その振動のみなもとは、『時禱詩集』にいっそうはっきり示されたような宗教的な本質のものだと言うべきであろう。

ハンス・カロッサはその著『指導と随伴』の中でリルケの『形象詩集』を「若いリルケの作品の中でいちばん見事な、いちばん大胆なもの」と言い、その頃のリルケの詩の特色を「或る新しい人間性の悲劇的な言語」と呼んでいる。事実、「死」の問題は、リルケの詩作と思考との最も主要な軸となりはじめた。そして死の問題は必然に、愛の問題・神の問題と結びついていた。

一八九九年にリルケはロシヤへ旅をして、彼の心にいちじるしい体験をした。それは旧いロシヤの民謡や田舎の農家の聖像や、またはドストイエフスキーの物語にあらわれているような在りかた――リルケの表現によると「山のように幽暗さに充ちて謙譲な」、「遥かさを担っている」在り方の発見であった。この発見はリルケの生来の宗教心を、神を求める方向へ刺戟した。ルー・サロメ――かつてニーチェの弟子であり、ニーチェと婚約したことのあったルー・サロメ――とともにトルストイをヤスナヤ・ポリヤナに訪ねた日の思い出もリルケにとっては忘れがたいものであった。その旅の体験の反響を『時禱詩集』が示している。この特色のある傑作は一八九九年から一九〇六年までのあいだに書かれた。

これらの詩の中で「おんみ」と二人称で呼びかけられているのは「隣人である神」、限りなく近くて限りなく遠い神である。この神は万物の限りなく幽暗なみなもとに指示されているとともにまた限りなき生成の過程の奥に指示される。

リルケが『時禱詩集』の中でたびたび繰り返しているところの、「名づけがたい幽暗」は、スペインの偉大な神秘家、十字架の聖ヨハネの言った「聖なる闇」「神々しい暗さ」を必然にわれわれに連想させる。リルケの中にはドイツ神秘主義 Mystik の伝統が根づよく生きている。元来、ドイツ文学におけるロマン精神の母胎はドイツ神秘主義なのである。（ケーベル博士も『小品集』の中で論じているように。）『時禱詩集』を貫く本来ドイツ神秘主義的な、いわばノヴァーリス的な精神が、ロシヤ旅行によって養われてこれらの美しい詩に結晶したとともに、それに先立つイタリヤ旅行の体験もまたこの書に明るい反映を投げている。イタリヤ文芸復興期の時期に活（はたら）いた神のちからをリルケは感じた。フラ・アンジェリコの壁画の中に、ミケランジェロの仕事の中に、アシジのフランシスの生涯の姿にリルケはそういう力の実りを観た。

ジュヌヴィエーヴ・ビアンキが言っている――「……シェリングからフィヒテ、ノヴァーリス、ヘーゲル或いはニーチェを経てベルグソンに至る多くの哲学者たちにおいて、この種の思想のさまざまな容態を見つけることは容易であろう。……しかしリルケはほとんど教義を樹（た）てることのない一個の『夢みる人』である。確かにむしろ彼の操作は〔哲学思想というよりは〕神秘主義である。それは、マイスター・エックハルトからヤコプ・ベーメ及びシレジウスに至るドイツ神秘主義であり、またリルケが個人的な交わりのあった Annie Besant（アニー ベサント）夫人の接神論的な方法を通じてリルケに伝わった仏教的神秘主義であり、しかしまた、ニーチェ的ベルグソン的な神秘主義でもあった……」

⁂

『新詩集』のできたのは一九〇五年から一九〇八年までであるが、『時禱詩集』と『新詩集』とのあいだにリルケの詩作上の大きい変転がある。すなわち、リルケがフランスの彫刻家オーギュスト・ロダンの仕事を識ってこの彫刻家に惹きつけられたのはその頃である。

リルケはロダンによって、芸術創造の根本態度をほんとうに知らされたような気持がした。辛抱づよく謙虚に仕事の内部に生きながら、自己を忘れて、ひたすらに対象〔物たち(ディンゲ)〕の実相を生かし形づくるやり方の実例をリルケはロダンにおいて眼(ま)のあたりに見た。リルケはフランスに行ってロダンに近づき、その秘書となった。二人の交遊は後に感情上の行き違いもあったが、それも超克されて、ロダンの死ぬときまでつづき、リルケはあの立派な評論『ロダン』を世に送った。

「豹」や「一角獣」や「シャルトルの天使」のような造型的な詩がロダンの影響のもとにリルケにとっては新しい詩的意図の方向において書かれた。「豹」はパリのジャルダン・デ・プラントの檻の中の豹を見たことによって作られ、「一角獣」は伝説中の架空な動物であって作者が空想的視力の中から取り出した獣であるが、これらの詩はともに、この詩人の造型的表現の特徴をあざやかに示している。（もっともパリ・クリュニー博物館にある、一角獣のいる壁布をリルケは好んでいた。）

「シャルトルの天使」はフランス・ゴチックのもっともすぐれた建築であるシャルトル寺の、向って右側の前面の隅に、半円形の大きな日時計を胸に抱いて一人ぽつんと立っている背丈の高い天使のゴチック的立像である。ロダンも彼の名著『フランスの本寺』の中にこの天使像を讃嘆している。訳者はかつてこの像を横から見上げたとき、思わず奈良法隆寺の夢殿観音を連想したことがあった。ロダンはこの彫像についで次のように言っている――

「……シャルトルの天使は、高い山の岩鼻にとまっている一羽の鳥のようだ。広大な岩石の層の上に光を灑（そそ）いでいる、生きた、孤独の星のようだ……彼は胸の上に時計を持っている……時を計る板は調整器だ。神は絶えず日光を媒介としてわれらの生活の中へ入り込みながらわれらを導く。だからこの天使は星座と神とから由来する掟と規準とを胸の上に捧げている……日常の人間の仕事は、この神的な光の振動に準拠して自己をととのえることによって神的になる……」

リルケはパリでエミール・ヴェルハーレンの詩と評論『レンブラント』を読んでのち、このベルギーの詩人とも深い友誼（ゆうぎ）を結んだ。ヴェルハーレンの肖像を是非一度彫刻作品に作るようにとリルケがロダンにすすめたことが、リルケの手紙に書かれてある。

❈

リルケの詩作の完成期に『ドゥイノの悲歌』と『オルフォイスへのソネット』とが書かれた。ともに一九二二年に書き上げられたのであるが、『ドゥイノの悲歌』の意想（イデー）はすでに一九一二年に彼がアドリア海沿岸のドゥイノの丘に滞在していた頃リルケの心に浮んでいた。

『新詩集』以後、前の世界大戦中リルケの書いた詩作は乏しく、おもに翻訳の仕事

——ミケランジェロの詩のドイツ訳など——をやっていたが、一九二二年になって突如と『ドゥイノの悲歌』『オルフォイスへのソネット』の二冊の詩集が完成した。

これらの詩は、『時禱詩集』のリルケと『新詩集』のリルケ、すなわち神を探ね夢みる「魂」と造型的実相の表現としての「芸術」との新しい綜合に達した作品と言える。

『ドゥイノの悲歌』は十篇の長詩からなっている。この訳詩集には「第六」と「第九」と二つの悲歌（エレギー）の訳をこころみた。

「第六」の悲歌（エレギー）は、英雄の転身（メタモルフォーゼ）、或いは英雄的転身の頌歌である。総じて転生または変容の考えがリルケのこの頃以後の作品の中心思想をなしており、とりわけ『オルフォイスへのソネット』にそのことはいちじるしく現われており、また最後期の詩の一つと思われる「ヘルダーリーンへ」の頌歌にも、それが中心観念となっている。

真の結実のために決意し行為し転身すること、転身しつつ絶えまなく——死の中までも——上昇して行く者が真に生きる者であることをこの詩はうたっている。そして英雄の母の運命は、その子が真に偉大に転生してゆくためになされる女性的献身の機会として考えられている。

「第九」の中では詩人としてのリルケが到達した生の肯定の心の姿が独自な表現法で述べられる。リルケにしたがえば、詩心としてのわれわれの存在理由は、手近かないろいろな目的や僥倖やがあることの中にはなく、われわれがさまざまの物に名づける(即ち歌う)ことによって、それらの物を「眼に見えぬもの」へ転生させることにある。そして詩人が言葉で物を生かすとは「その物自身さえが、みずからそういうもので在るとは識らなかったような」そんな本性をその物について指摘することである。

⁂

リルケが亡くなる一年前、一九二五年十一月十三日に、Witold von Hulewicz という、リルケの詩をポーランドへ紹介した人に宛てて書いた長い一通の手紙は、晩年のリルケの心境を示すものとして興味深くまた重要なものである。この手紙によると『悲歌』の含んでいる意味は「作者自身をも限りなく超えている」ために作者みずから正確に説明することができない。しかしとにかく『悲歌』は作者にとってはそれまでの仕事の綜合であるとともに、彼が到達したところの、存在肯定の表現である。

「そこには生の肯定と死の肯定とが一体となって現われている。」「われわれは、生と死と二つの無限の領域から限りなく養われるような、われわれの実存の最大な意識を実現しようと努めなければならない。」「生のまことの形は、これら二つの領域に拡がっている。」

『オルフォイスへのソネット』も詩の実質は『悲歌』と同じものである。オルフォイスへの讃歌連作は『悲歌』の完成と同じ時期にほとんど即興的にでき上ったのであるが、その直接の動因は或る少女の死を悼む心持の中にあった。

　これらの詩が生れた心境をリルケは「開かれている世界」と呼んでいる。

「……最大の世界であるこの開けている世界の中では、あらゆるものが在る。しかも、それらが《同時的に》在ると言うのも妥当でない。なぜなら、時間の推移が、かえって、すべてが在るための条件であるから。無常迅速性が、いたるところで一つの深い実在の中へ流れ込んでいる。それゆえに現実のもののすべての姿は、時間に束縛されつつ用いられるだけではなく、――われらにそういう活用力がありさえすればそれらはあの卓越せる意味づけの中へ転位されることができる。そしてこの卓越せる意味づけの仕事にわれら人間は参加しているのである。」

「あらゆる現実のものの姿をだいなしにしたり貶(けな)したりせず、われわれはわれわれの無常迅速の同類であるところのあらゆる現実のものや現象を、われらのもっとも深い理解のうちにとらえて、それらを転身させねばならない。転身？　そうだ。なぜならわれわれの課題は、この移ろいやすい脆い地上現実を、はなはだ深く熱情的に、またはなはだ忍苦してわれらの心に受け入れて、その結果として地上現実の本質が、《見えざるものとなって》われらの内部に蘇るようにすることだからである。われらは見えざるものの蜜を集める蜜蜂である……」

死に近いリルケのこれらの遺言のような言葉は、「第九」の理解に手がかりを与えるであろう。そしてここでリルケは急にフランス語で次の数語を書いている——

Nous butinons éperdument le miel du visible pour l'accumuler dans la grande ruche d'or de l'invisible.

「……われらは見えるものの蜜を夢中で集めて、それを見えざるものの大きな貴い蜜槽の中に蓄える。」

⁂

リルケの墓。
「薔薇の碑銘」が見える。

『ドゥイノの悲歌』と『オルフォイスへのソネット』とを書き上げたリルケは詩人としての使命を一応果したという気もちがしたらしい。重荷をおろした者の快適が彼の心を明るくした。

その頃からフランスの文壇が彼の作品を喜んで迎え始めた。ロダンとエミール・ヴェルハーレンとの二人はすでに逝いて亡いフランスでポール・ヴァレリーとアンドレ・ジードとの友誼が彼にとって貴重なものと感じられた。パリではＮＲＦとコメルス誌とがリルケの書く物の発表のために扉をひらいた。そしてリルケは「馴れない楽器を試みるように」フランス語の詩を書き始めた。外国の言語で詩作することへのリルケらしい控えめな心遣いを「果樹園（ヴェルジェ）」が示している。当時リルケが住んでいたスイスの山地ヴァリスの風土が、ドイツ的なものとラテン的なものとの美しい諧和（かいわ）を持っていたことも彼にフランス語で詩作することを促した一つの原因となったらしい。

リルケは一九二六年の暮にスイスで歿してラロンの谷間に葬られた。薔薇の棘で手に傷をしてそれが彼の死因となり、五十二年の生涯の幕を閉じた。

一九三七年に、リルケの女友であった画家ルー・アルベール・ラザールが、生前リルケから贈られた八つの詩をみずからフランス語に訳して発表した。その中の一篇はリルケ全集の『後期の詩集』の中にもはいっている「心の山々の頂きに曝されて……」である。訳者はこれらの詩の美しさに特に心を打たれたために、八つのうち四篇をこの訳詩集に入れた。リルケの最晩年の詩風を示すところがあるかと思う。

ちなみに、ハンス・カロッサがリルケに初めて会ったのはルー・アルベール・ラザールの画室であったことは、カロッサの『指導と随伴』の中に述べられている。

昭和十七年早春

片山敏彦

リルケ、1900年

解説　二人の詩人と一つの使命　リルケと片山敏彦

若松英輔

人はいつでも己れを超えた上方に実存しています。その実存は一個の果実のようです——誰かがその下に一つの皿を置く果実のようです。葉むらの中に輝くこんじきの果実。そしてそれは熟したら、ひとりでに枝から離れます。

（リルケ『雲の画家ウラディミール』片山敏彦訳）

本書の初版が刊行される前年、訳者の片山敏彦（一八九八〜一九六一）は、「リルケの使命」と題する作品を書いた。片山はそこでリルケ（一八七五〜一九二六）をめぐって、この詩人にとって生きることはそのまま「祈りと仕事」にわが身を賭すことだったと述べている。人は誰でも「みずから値踏みしている以上に貴重な本質」を宿している。しかし、己れの人生でそれを充分に開花させることができない。「大切なことは、この可能的超絶的な人間性をほんとうに熟させ、熟してそれが自然に現実の皿の中へ落ちて来るようにすること」であるともいう。ここで私たちは、冒頭に引いたリルケの言葉に戻る。

「リルケの使命」は、片山とリルケの関係を考えるとき、見過ごすことはできない。そこには形を変えた片山の使命もまた、描かれているように思われる。誰かの使命を認識できるのは、己れの使命を認識し始めた者だけだからである。この作品の冒頭を片山は次のような言葉で始めている。

> ライナー・マリア・リルケ——この名は今では世界の近代文学の上に白い光をそそぐ星のようである。その星は、最初さびしい孤独の光のように思われた。黙って自分の軌道を歩く姿のように思われた。しかし、その輝きの中に、何かしら珍しい、何かしら清らかな、何かしら心を惹くものがあったために、人々の眼は知らず識らずのうちにこの星の光に向けられていた。そしてやがて多くの人々は、リルケの孤独の中に自分自身の孤独を見いだすようになり、人間そのものの

孤独を見いだすようになった。孤独は課題のように重く、愛と死との完成のために、この重い課題がになわれねばならない、ということを人々はリルケの仕事から暗々裡に感得するようになった。

（「リルケの使命」『片山敏彦著作集第五巻　さまよえる客』〔以下『著作集』〕）

これほど的確にリルケの特性と宿命を表現し得た文章を、私はほかに知らない。リルケをめぐっては、研究者たちはもちろん、つながりのあった文学者だけでなく、彼と深く交わった女性までさまざまな人がその姿を描いているが、十行ほどの文章で、その人間の試練と試み、そして伏在するものまでを語るのは容易なことではない。それは書き手と対象、つまり片山とリルケの出会いにものっぴきならないものがあったことを暗示している。片山は、こう書いてもよかったのかもしれない。自分はリルケの宿命を見つめることによって、自分のそれを認識し得たのであると。

「リルケの孤独の中に自分自身の孤独を見いだすようになり、人間そのものの孤独を見いだすようになった」と片山はいう。この詩人にとって「孤独」とは単に痛みを伴う経験であるよりは、神聖なる運命と呼ぶべきものだった。リルケにとって「運命」

とは外部から突然やってきて、人間を襲う予知できない現象を意味するのではなかった。人間は自らの内で運命を育んでいる。そう感じていた。『若き詩人への手紙』でリルケは「運命」にふれ、忘れがたい言葉を残している。

私たちが運命と呼ぶものが、人間の内部から出てくるものであって、外から人間の中へはいってくるものではないということも次第々々に認識するようになるでしょう。ただ、たいていの人間はその運命を、それが彼らの内部に住んでいるあいだに、それを跡方もなく吸収し尽さず、自己自身へと変化させなかったからこそ、自分自身から出てくるものをそれと認めることができなかったのです。

（高安国世訳『若き詩人への手紙・若き女性への手紙』）

運命が内在していることを知らない人間は、それとの関係を充分に深めることができず、そのために自分を生きることを困難にしている。また、内から湧出してくるものからも目を背けたままでいることに気が付かない、というのである。

「リルケの思想」と題する作品で片山は「リルケの孤独と不安とは、彼がつねに正銘ならぬものを反撥して実存的により偉大なものへと自己を克服して行くための大切な契機であった」(『著作集第五巻』)とも書いている。孤独を通じて人は、その人自身になるだけでなく、自らに伏在する普遍的人間にも目覚めていくというのである。リルケにとって「孤独」を生きることと「運命」を育むことは同義だった。このことをふまえつつ、本書にある「銀に明るい雪の夜」を繙(ひもと)くとき、その意味をいっそう確かに感じとることができるだろう。

銀に明るい　雪の夜(よ)のふところに
もの皆が　ひろびろとまどろんでいる、
そして今　限りなくはげしい一つの悲しみが
一つの魂の　孤独の中に眼を覚ます。

君は訊く――なぜ　その魂は黙り込んでいるのだ、
なぜそれは悲しさを　夜(よる)の中へ
灑(そそ)ぎ出さないのだ、と。――だが魂は知っている、

悲しみが自分の中から出てしまえば、星がすっかり消えることを。（本書四六頁）

孤独は「私」が「人間」へと通じる扉であるだけでなく「悲しみ」の器でもある。しかし、この詩人が歌う「悲しみ」は痛みの原因であるよりも、魂のなかにあって、けっして消えることのない灯火なのである。悲しみは、愛しみ、美しみと書いても「かなしみ」と読む。悲しみは愛と美の化身であると文字は教えてくれる。リルケはこうした日本語を知らなかっただろうが、その心情の深まりは熟知していたように感じられる。本書の終わりちかくに置かれた詩には「ますます高く密に成るわれらの悲しみに守られて」（「われらの悲しみの緑いろの揺籃（ゆりかご）」本書三〇一頁）と記されているように訳者である片山もまた「悲しみ」が私たちの守護者であることを知っている。

リルケの生涯をめぐってはすでに、本書に付された「訳者のあとがき」において十分に述べられているので、ここでは片山敏彦の生涯と仕事、ことにリルケとの関係をめぐって書くことにする。

片山敏彦は、昭和期を代表する批評家のひとりだった。近代日本における批評とは何かを問うとき、彼の存在を見過ごすことはできないはずなのだが、この国の「批評史」を扱った著作を繙いても片山敏彦に一章を割いたものは未だ手にしたことがない。だが、そうした現状にも理由がある。

批評というとき、この国の多くの人は小林秀雄に始まる「文芸批評」を想定する。片山は、世にいう文芸批評家とは一線を画す存在だった。片山は堀辰雄が中心となった雑誌『四季』に寄稿もしており、接点はあったが、いわゆる文壇からは距離を置いていた。片山は時評的に同時代の日本作家を論じることを本業とせず、その批評眼は、この国の同時代人ではなく、リルケもそうしたひとりであるように国境を越えた人たちに傾けられた。

はじめて片山がリルケの作品にふれたのは森鷗外（一八六二～一九二二）の翻訳を通じてだった。「鷗外とリルケ」と題する一文で片山は、鷗外に「忘れ得ない感謝」（『著作集 第七巻』）を覚えると書いている。鷗外とリルケのあいだには十五年ほどの年齢差があった。鷗外が目上である。「倅（せがれ）に持っても好いような男」という鷗外の文章を片山は引用している。鷗外が訳したときリルケは三十三歳だった。片山もまたリルケの同時代人である。リルケが亡くなったのは、片山が二十八歳になる年だった。

同じ年に片山はロマン・ロランの戯曲『愛と死の戯れ』の訳書を世に送っている。

二十歳の片山はゲーテの『タウリス島のイフィゲーニエ』に出会い、大学での専攻にドイツ文学を選んだ。この本に出会ったのは高等学校の教科書を通じてだった。この作品を「読まなかったら自分は大学のドイツ文科へは行かなかったろう」と片山は書いている（「照応」『著作集　第七巻』）。

専攻はドイツ文学だったが片山は、ほとんど同時にフランス語も学び始めている。語学をめぐるこうした背景は本書にも活かされている。リルケは、ほとんどはドイツ語で詩作しているが、晩年、フランスの詩人ポール・ヴァレリーと交流をもち、フランス語でも詩を書いた。そのいくつかを片山はここに訳出している。

この訳詩集の原本は一九四二（昭和十七）年に新潮社から刊行された。それに片山とも親交があった詩人で批評家でもあった藤原定（さだむ）の「『リルケ詩集』について」を加え、一九六二（昭和三十七）年にみすず書房から復刊された。

初版が出版されたのは先の大戦の渦中である。戦争に、事物ばかりか人間という存在そのものが呑み込まれそうになった時期に片山は「かくして孤独な、夢みがちな一人の詩人の世界が、いつのまにか多くの人々の内生活にきわめて切実な性質の関わりを持つようになった」(「序」本書三頁)と書き、内界の自由をけっして手放してはならないと静かに訴えたのである。国は、文学者たちも時流に従わせようとし、この詩集の刊行の同じ年、日本文学報国会を立ち上げ、彼の旧友だった詩人の尾崎喜八や高村光太郎はそこに名を連ねたが、片山はその道を行かなかった。

今日ではリルケの詩集は、複数存在し、文庫でも簡単に入手できる。そうしたなかで八十年以上前に出た訳詩集がよみがえる意味にもふれておかなくてはならないだろう。理由はただ一つ、それは訳者が片山敏彦であることに尽きる。そして彼の訳業を通じて読者である私たちは、この詩集を多層的な意味で味わい得るのである。

まずは、率直に片山の仕事がリルケの訳詩として優れていることが挙げられる。のちにもふれるがリルケの内部では詩人が生きつつ、その傍らにはいつも内なる哲学者、思索家がいた。そして何より、リルケの本性は詩人である前に神秘家だった。神秘家とは神秘を声高に語ることに満足するような人間ではない。むしろ、静かにしかし沈着に存在の神秘に慄(おのの)きながら、この世に生まれた意味と使命をめぐる認識をどこまでも深めようとするだけでなく、それを他者と分かちあおうとする者の呼び名である。

悟ることだけが目的なら神秘家は沈黙のうちに生涯を終えるだろう。リルケも詩を書くことなどなかったように思われる。彼の運命がそれを許さないのである。ただ、同時に神秘家は、真実は容易に言葉にならないことも知っている。ここに詩人における挑みと使命に対する責任がある。

「リルケの思想」と題する作品で片山は、リルケにとって詩作とは「言語表現ではとうてい表現できそうもないことをも言語で表現しようとすること」(『著作集　第五巻』)であると述べている。矛盾しているように聞こえるかもしれないが、片山にとってリルケの詩を訳すとは、「言語表現ではとうてい表現できそうもないこと」を保持しつつ、日本語に変容させることだった。片山は、原文を着実に日本語に移しかえようとするだけでなく、リルケが詩に託した沈黙をも浮かびあがらせようとしたのだった。

詩人であり哲学者であり神秘家、それは片山敏彦の特性でもあった。彼も同質の精神と宿命を宿していた。この訳詩集が刊行された翌年、一九四三(昭和十八)年九月二十四日の日記に片山はこう書いている。

精神の今後の、一層大きい諧調を見出すために全世界の最も純粋な神秘家たちの研究をもっと真剣に実行する。

（『著作集　第九巻　自分に言う言葉』）

戦禍は、彼が勤務していた東京第一高等学校にも迫ってきていた。「精神の今後の、一層大きい諧調」とは彼の内界のことだけを意味しない。彼の胸にあったのは、戦争のあとに訪れる来るべき新しい時代の土壌なのである。「リルケの使命」で片山は、この詩人における詩作の本質とは別に、その「使命」をめぐっても印象的な言葉を残している。

「追憶と構造力（Einbildungskraft）とを創造の仕事において一致させるとき、われらは体験を甦らすことによって、その体験を初めてほんとうにわれわれ自身の所有（もの）とすることができる」と片山はいう。

ここでの「構造力」は「想像的構想力」あるいは「創造的構想力」と置き換えた方がよい。真の意味での想像力は、創造的であるだけでなく、ある構想力を持つ。片山が「構造力」と書くのは「構想」と「創造」は共存していることの表現でもあるのだろう。このはたらきは、私たちの日々の生活にも生きている。だからこそ、私たちは自らの人生を追憶するだけでは、表現することも、認識することもできない。そこにはある構想力をもった創造的な想像力のはたらきが不可欠になる。

こうしたことを前提にしつつ、片山はリルケの使命に分け入っていく。彼は先の文章にこう言葉を継いだ。

追憶と体験とのこんな創造的浄化を通じて悲しみも新たな輝きを獲得し、喜びも透明さを獲得する。体験が新たな輝きに化し、透明なしかも恒久な姿となる方向を、リルケは「見えざる」(unsichtbar) ものへの方向と呼び、それを詩作の使命だと考えていた。

(『著作集　第五巻』)

ここでいう「見えざるものへの方向」とは永遠の異名でもあるだろう。詩作とは出来事を過ぎ行く時間の世界から、過ぎ行くことのない永遠の世界に移しかえることだというのである。リルケも片山もまた、こうしたことを閉塞的に行っていたのではない。むしろ、彼らに確かに感じられていたのは、人は外界よりも内界においてこそつながり得るということだった。内界からの変容、そこに彼らの熱情は捧げられたのである。

永遠は、私たちの見知らぬ境域などではない。むしろ人はそれと日々接している。しかし、そのことを充分に認識し得ていないのである。本書にある作品「聖なるものと私の呼ぶ」における「追憶」もまた永遠とつながることを希求しているように思われる。

聖なるものと私の呼ぶ　一つの追憶が
わたしの心の　一番深い底に照る、
神々の像の　大理石の白さが
聖なる林の仄昏(ほのぐら)い中に輝くように。

その往時(かみ)の　浄福の思い出、
逝きし　あの五月の思い出、——
白い両手に捧げられている香煙、
その側(そば)を　静かなわが日々(にちにち)の生活が通過する……

（本書五九頁）

詩情を働かせるとき、人は「日々の生活」に寄り添う永遠を感じ始めるのだろう。そして、ここでいう「追憶」とは個人の生涯におけるものであることに終わらない。深層心理学者ユングのいう個人的無意識を超えた「普遍的無意識」における追憶でもあるのだろう。個人の意識ではなく、人間としての根元の意識における追憶が起こるとき「構造力」という創造的な想像力が稼働するのである。

「リルケの思想」で片山は、リルケが二度と顕現することのない「その瞬間に初めてうまれた『根元音』」と呼ぶべきものに関心を深めていたと書いている。片山は「根元音」に「ウルゲロイシュ」とルビを振る。ドイツ語の「ウル（ur）」は、事象の根元を指す接頭辞である。

世の中にはさまざまな音がある。ただ、すべての音は「根元音」、つまり音そのものとともにある。もちろん、さまざまな言葉は「根元語」と呼ぶべきものとともにある。さまざまな色は「根元色」と呼ぶべきもの、色そのものとともにある。リルケにとって詩作とは、文字の背後に「根元音」を生かすことだったともいえるのだろう。私たちは片山の訳詩を通じてでも、それを感じ取ることができる。

片山敏彦の名前を最初に知ったのは、多くの人もそうであるようにロマン・ロマンの訳者としてだった。しかし彼の存在をいっそう深く認識したのは、ルドルフ・シュタイナーの訳者、日本への紹介者であり、独創的な思想家でもあった高橋巖（一九二八〜二〇二四）が決定的な影響を受けたことを知ったからだった。高橋巖の若き日の代表作『ヨーロッパの闇と光』（新潮社、一九七〇年）には片山との交流をめぐる文章がある。そこで高橋は片山を「わが師」と呼びつつ次のような一節を書き記している。

はじめておそるおそる清水町のお宅のくぐり戸を、どこからか聞えてくるフルートの音をききながら入ったときから、何回私はそのように彼の光につつまれて、広大な展望のもとに語られるヨーロッパの詩人たち、思想家たちのことを思い、彼の愛していた絵や音楽を一緒に味わい、彼の朗読する詩に耳をかたむけたことだろう。私ははじめて身近な日本人から、肉体化された思想として、理想主義の叡智をうけとることができた。しかも人間性への侮蔑を肯定するところに成り立っている多くの日本的巧言令色が巷に氾濫している社会の中においてである。

「肉体化された思想として、理想主義の叡智をうけと」ったという告白を見過ごすことはできない。この高橋の言葉は、斬新なものとして、あるいは日本にとっては未知なるものとしてヨーロッパを語る人たちが多いなかで、それを全身で生きた経験をもって語れるところに片山敏彦の特性があったことの証しとなっている。

同じ文章で高橋は、片山がヘルマン・ヘッセやロマン・ロランの作品を朗読したと書いているが、リルケの詩もまた朗読されていたとしても驚かない。片山は、高橋を前に、原書を声に出して読んだのかもしれないが、片山の訳詩もまた、黙読だけで終わりにするのは余りに惜しい。私たちは、誰かの前で、あるいは誰もいないところであってもその言葉を口誦(こうしょう)してよい。私ならそうした作品の一つとして「日常の中で飢えている言葉」を選ぶ。

日常の中で飢えている　貧しい言葉たちを
目立たない言葉たちを　ほんとうに私は愛する。
私の祝祭の中からいろいろな光彩を取り出して、私は彼らに贈ろう。

そうすると彼らは微笑して　おもむろに晴れやかになる。
そんな言葉たちが心配そうに自分の内部に押し込めている
彼らの本質が　はっきりと新たまり、そのことが誰しもに気づかれるほどにな
る。
これまで　そんな言葉たちは未だ一度も　歌の中へ仲間入りしたことがない、
そして今　私の歌の中でも　おののきながら彼らは歩む

（本書九二〜九三頁）

凡庸な、ほとんど人の注目を集めることのない素樸（そぼく）な言葉をリルケは愛した。リルケにとって詩人とはそうした言葉とともにあって、詩を生む者の呼び名だった。こうしたリルケの姿を見つめるとき、私は民藝を語る柳宗悦（一八八九〜一九六一）の言葉を想い出さずにはいられない。民藝の工人たちもまた、柳宗悦が「発見」するまでは、誰も顧みないところで、隠された美を宿した器を黙々と生み続けていたのである。

「物」とリルケの関係を読み解く者は、言葉の奥に潜む意味の世界に導かれる。「私

は懼(おそ)れる、人々の言葉を」と題する詩でリルケは「物」が語ろうとするのをさまたげてはならない、と歌う。

私はいつでも警告したい、制止したい――「遠くに離れていたまえ」と。
いろいろの物が歌うのを聴いているのが私は好きだ。
君たちは物へさわる。だから物が凍結しておし黙るのだ。
君たちはすべての物をだいなしにしてしまう。
（本書一一七頁）

同質の言葉を、民藝を語る柳宗悦の文章に見出しても何の違和をも感じない。柳がリルケを語った言葉を知らないが、この本に片山が選んだ『ドゥイノの悲歌』でリルケが「されば素朴な物を天使に示したまえ」と書くところにも強く共鳴する。それに続く言葉を読むとき、その思いはいっそう確かなものになる。

代を重ねるうちに形をなし
われらのものとなっており　手のそばにまた眼なざしの中に生きている素朴な

物を。

（本書二二八～二二九頁）

日常で出会う「物」の本質を見つめ直すこと、確かにリルケは小説『マルテの手記』でも主人公に「僕はまずここで見ることから学んでゆくつもりだ」（大山定一訳）と語らせていた。

「物」とはリルケにとって「内と外との相触れるところに発見される生ける真実」（「おもかげ」『著作集　第五巻』）にほかならないと片山は書いている。リルケはこうした「物」との関係を彫刻家ロダンとの交流やセザンヌの絵を見ることによっても深化させていったのだった。

リルケは特異な文学者であるだけでなく、詩人哲学者と呼ぶべき人物でもあった。リルケの言葉は、哲学者たちが探究した存在の秘義と深く共鳴するものを蔵しているが、片山もまた、そのことを深く認識しながら訳業を行っている。本書の「序」で片山は、リルケと哲学の関係にふれ、こう書いていた。

哲学者のハイデッガーはリルケの『ドゥイノの悲歌』を初めて読んだとき――

「私が哲学的思索の道で考えているのと同じことをリルケは詩で表現している」と言ったそうであるが、この哲学者の感想の当否如何はしばらく措き、リルケが詩作の道によって人間の新しい実在感情に美しさと力と豊かさとを掘り起したことはいちじるしい事実である。

（本書「序」三頁）

ハイデガーだけでなく、フランスの哲学者ガブリエル・マルセルもリルケをめぐる熱い論考を残している。片山がいう「実在感情」とは、存在の深みにふれたときに起こる心情の変容である。

詩人であるリルケは理知を先行させない。表層的な情動や情念とは異なる「感情」によって世界という謎と対峙する。片山も訳書がある哲学者のアラン（一八六八〜一九五一）は、高次の感情とはほとんど徳性と意味を同じくすると述べている。リルケはそれを言葉によって論究するのではなく、その光景を、画家が絵を描くように言葉によって描き出すのだった。

この訳書が刊行される前に発表されたリルケ論でも片山はハイデガーとリルケに言及している。「ちょうどハイデッガーがヘルダーリーンを取り上げたようにリルケも今後たびたび取り上げられることであろう」（「リルケの思想」『著作集第五巻』）というのである。

本書が世に送られる頃には片山もハイデガーがリルケに直接言及する文章を読んでいたのだろう。しかし、「リルケの思想」が書かれた時期は事情が違う。彼はハイデガーとリルケの関係を知らないまま、先のようにハイデガーはいずれ、リルケの言葉を自らの思索の道の道標に据えることになるだろうと予見していたのである。

ここにあるのは単なる直感ではない。ハイデガーとリルケ、あるいはヘルダーリンを架橋するものをも見透す稀有なる批評眼である。リルケもまたヘルダーリンを愛したことは、本書に収められた詩「ヘルダーリンに」に「こんなまことの永遠の詩人が生きていたのに／なぜわれらは　この世のものを未だ本当に信じようとはしないのか？」（本書二五三頁）という一節があることからも明らかだろう。

同じ文章で片山は、リルケは概念によって考えるのではなく「体験に即しつつ形象（ビルダー）を用いて思索した」とも述べている。ここでいう「形象」はイメージ、あるいはイマージュという言葉に置き換えてよい。

哲学者の井筒俊彦（一九一四〜一九九三）は、言語に限定されない意味を「コトバ」

と呼んだ。詩人にとっては文字とそして余白が「コトバ」として働くように、画家には色と線と構図が「コトバ」になる。詩を書くときリルケはイマージュという「コトバ」によって思索し、それに再び言葉の姿を与えたというのである。別なリルケ論で片山は、リルケが一つの言葉を生むときの様相をめぐって、次のような言葉を残している。

> リルケが愛というとき、死というとき、また物といい、天使というとき、これらの観念は長い間いろいろな印象をつみ重ねて形づくられている。それらは複数の重なってできた単数である。
>
> （「おもかげ」『著作集　第五巻』）

ここでの「印象」が内実的にはイマージュであることは一読するだけで分かる。言葉における字義的な意味は加算されるだけで、重層的に積み重なることはない。そうしたはたらきを持つのは、閉ざされた意味での文字に還元されることのない「コトバ」である。

さらに片山は、リルケの文学性ばかりか、その奥にある霊性の次元にまで分け入ろうとする。片山はリルケの詩に哲学的探究の軌跡を見出すだけでなく、どの宗派からも自由な「神」を求める求道者の姿を見過ごさない。「神が君のところまで」には次のような一節がある。

原始のときから　神が君を吹きつらぬいていることを
君は知らなければならない、
そして君の心が白熱して　何ごとをも洩らさぬとき
神は　君の心の中で創造する。

（本書一三一頁）

ここで描かれている「神」は宗派的な「神」ではない。根元的な意味における霊性の「神」である。関係を深めたのは「神」だけではない。本書にもその一部が収められている『ドゥイノの悲歌』や『オルフォイスへのソネット』にも描かれているように彼は死者や天使を歌っただけでなく、そうした不可視な隣人を近くに感じながら生き、詩作を続けたのである。次の引用は「恋びとの死」にある一節である。ここでの「彼ら」とは死者たちを指している。

恵み深い行いをする彼らの流儀をも持っているのを彼が悟ったとき
死者たちが彼には親しく思われ出した。
そして彼らを識ったため、生きているどの人とも
ほんとに近しい血のつながりがあるように思われてきた。

他人には言いたいように言わせておいてその言いぐさに気は留めず
自分ではあの死者たちの国が、まことよく処（ところ）を得た、常に優しい国だと信じた
——
そしてなつかしい両（ふた）つの足のため、それが歩く国をあれこれと想像した。

（本書二一六～二一七頁）

この稿の冒頭に引いた一節で片山が指摘したように、リルケにとって詩とは「愛と死との完成」に直結する営みだった。死においても人は「神」と深い関係をもつ。死

においてこそ、というべきなのかもしれない。リルケは「神よ　各人に与えたまえ」で死と神との関係をめぐってこう書いた。

神よ　おのおのの者に　その者固有の死を与えたまえ、
おのおのの者が　愛と　一つの意義と　そして自分の悲しみとを発見した
この生の中から　各人の固有の死が　ほんとうに生れ出るようにさせたまえ。
〔中略〕
或る日　急に成長するのも
少年たちが　おとなに成ることを憧れるのも、死という果実のためなのです。
（本書一八四〜一八五頁）

「神」はすべての人をその人自身にする。「神」は人間をどこまでも固有者として認識する。ある人たちは、死とは虚無に呑み込まれることであると考え、恐れる。リルケにとっての死は、まったく異なる姿をしている。「神」は死を通じてこそ、その人はその人自身になるという。また、人は、死と対峙したとき、ほかの誰にも内在しない「わたし」の実在を認識し始める。それがリルケのいう「成長」なのだろう。

さらに片山敏彦の訳業を今日、改めて味わい直す意味として、彼の翻訳そのものが、近代日本文学における稀有なる富であることが挙げられる。読者は、ドイツ文学の精髄を味わうだけでなく、近代日本文学という土壌に咲いた美しい花を見ることになるのである。

片山の訳業にふれ、二十世紀日本を代表するドイツ文学者であり、同じくリルケの優れた訳者でもあった手塚富雄が印象的な言葉を残している。「片山敏彦さんの仕事は、多方面にわたっているが、その中で私がいちばんよく知っており、いちばんよく親しんでいるのは、訳詩の仕事である」と書き、彼はこう続けている。

難解の原詩が、片山さんの手にかかると、日本語に移されるというより、変貌して新しい日本語の詩として誕生するという趣きであった。どの訳詩も光をもっていた。語学的に、詩的に、正確な把握なのであるが、それだけでないものがあった。日本の文学史に、片山さんの訳詩は、必ず書きこまれなければならないであろう。片山さんの仕事の中でも、それは最も高い位置を占めるものの一つであると私は信じている。

（「解説」『ヘッセ詩集』片山敏彦訳）

同じ文章で手塚は、日本は真正なる意味でリルケを受容するのに時を要した。そうした道程における片山の「リルケの訳者としての功績は、非常に大きい」ともいう。鷗外に始まった日本におけるリルケの受容も片山の訳業によって、真の意味で日本文学となったというのである。片山の言葉は、没後六十年を経ても輝きを失わない。私たちは、手塚富雄の言葉をそのまま受け入れてよい。

手塚のいうように片山敏彦の業績において訳詩の占める位置は大きく、高い。リルケだけでなく、ヘッセ、カロッサ、ハイネ、そしてゲーテの詩も片山の訳で読んだという人は少なくないのではないだろうか。

ある人は、片山をロマン・ロランの訳者として記憶しているかもしれない。ロランの代表作『ジャン・クリストフ』『ベートーヴェンの生涯』や『時は来らん』『獅子座の流星群』などの戯曲も訳している。戦争に呑み込まれていくヨーロッパにあって、ロランは「人間」を象徴する作家だった。片山はロランを論じた「限りなく人間的なるもの　ロマン・ロランへの頌歌」（『著作集第二巻』）という一文で、この作家を「人間性の偉大な使徒」と呼び、この作家の名前は「無限に人間的なものの生きた象徴として見える」とも書いている。

片山はロランからも信頼を得ていた。ロランとの交流でも知られる彫刻家高田博厚――高田はロランの像を作ることをはじめて許された彫刻家だった――がロランと関係をもてたのは片山の紹介によるものだった。高田と片山の交流は二十代の前半にさかのぼる。

その射程は西洋文学に限定されてもいなかった。片山の評伝（『地下の聖堂　詩人片山敏彦』）の作者である清水茂が編んだ片山の一巻選集『片山敏彦　詩と散文』に付された年譜によれば、二十五歳のときにタゴールの詩に出会い、その敬意は生涯を貫くものとなった。片山はタゴールの生誕七十年を記念して刊行された本 *The golden book of Tagore* にフランス語で寄稿もしている。片山には岡倉天心とも親交のあった、インドの聖者ヴィヴェーカーナンダやその師ラーマクリシュナをめぐる文章もある。

片山の「リルケの思想」を読んでいたら、リルケを「東方的」といったシュトリッヒの言葉や「何か仏陀的」と書いたカロッサの一節に出会った。そのままの表現が的確は別にして、リルケに近代西洋文化に収斂（しゅうれん）し得ないものがあることは片山も強く認識していた。片山自身はリルケが何かに没頭する姿には「インド的なヨーガに通じるものがある」とも述べている。リルケはヨーロッパに生まれたが、その精神においては東方の人だったというのだろう。

詩人をもっともよく理解するのも詩人である。片山は、詩の翻訳者であるだけでなく詩人でもあった。むしろ彼は、詩を書くことから出発している。最初に刊行された自著も詩集だった。第一詩集『朝の林』（一九二九年、私家版）には「ライネル・マリヤ・リルケに」という作品が収められている。

ものの内部に沈み込んで
暗がりに黙つてすわつて
君はあたりを見まはした。
君は自分の、いひがたい苦しみを畳んでつかんで
その手の平から新しい空間を投げた。
そこで、冬のあかつきの
ほのぼの白い光のやうに

ものが、君の前でひろがつた。
お父さんから、おぢいさんから、
いや、もつともつと前のお父さんから
君が最後に今、受けついだばかりの
古い親しい家具のやうに
雑然と匂はしくならんで、
ものが君の前でひろがつた。
そこで、君が事物に与へた
その新しい空間が、
君をふかぶかと事物につなぐ。
さうしてそのつながりの血が
世界へ今生れたばかりの光なのだ。

（清水茂編『片山敏彦　詩と散文』）

これは、ひとりの詩人が愛する詩人に贈る頌歌（ほめうた）であり、同時に詩の姿をしたリルケ論でもある。片山にとってリルケとは「物」を扉にして、人と永遠をつなぐ者にほかならなかった。「物」は物体とは限らない。「冬の朝」には次のような一節がある。

太陽(ひ)が僕たちに口づけする。夢みがちに
短調(モル)のひびきが樹々の枝間(えだま)を流れている。
そして僕らは前進する。——からだ中が
朝の力の芳香でいっぱいになって。

（本書二一一頁）

人は生きるだけでなく、生かされている。そうリルケは感じている。むしろ、人が人であるために陽の光を欠くことはできない。それは不可視なエネルギーとなって全身を貫いてさえいる。「菩提樹の初花(はつはな)が」にある言葉も、同質の経験を物語っている。

私は着ものを縫っている
太陽(ひ)の輝きも縫い込んで。

（本書二一九頁）

ここでの「太陽」は天体としてのそれだけではないだろう。キリストの誕生日とな

っている十二月二十五日はもともと太陽神の祝日だった。リルケは、社会的な意味での、あるいは同時代の宗教であるキリスト教には必ずしも好意的ではなかったが、ナザレのイエスとして生まれた「キリスト」に対する信頼を失ったことはなかった。ここでの「太陽」にもそうしたキリストへの信頼を感じ取ることもできる。

リルケにとっての詩作は、時間的世界から永遠界への移行であるだけでなく、存在世界のありようを問い直すことでもあった。そして五感に限定している世界を解放しようとする試みでもあった。リルケをめぐって片山は「感覚の教養」（「リルケの思想」『著作集　第五巻』）という言葉を残している。

リルケにおける「感覚」あるいは「感覚の教養」という主題は、別稿をもって論じるべき重みを宿している。詩人にとっての「感覚」を語ることは、そのままその人の世界観をかいま見ることだからである。

ここでの「教養」を知識と同一視しない人でも、教養は知性と理性を育むものだと信じて疑わないのかもしれない。リルケは「教養」を感性的に、さらには人間を超えた者たち、死者や天使たちとの関係において深めていった。リルケにおける「感覚の教養」の本質は、本書に収められた「わたしのさまざまな感覚が」にある一節を読むだけでもその深みを感じ取ることができる。

わが本質の　幽暗な時間をわたしは好む。
そんな時間の中で　わたしの日常の生活が
ちょうど古い手紙の中でのように　早や背後へ見残され
伝説のようにひろびろと高められている。

そんな時間の中でわたしはさとる、
時の無いひろい第二の生活を　自分が生きることのできるのを。
そしてときどき　わたしは樹木のようだ。

（本書一六六頁）

「時の無いひろい第二の生活」、時刻とは異なるもう一つの「時」に司られた世界、そこを生きることができるのは詩人だけではない。詩人の言葉を読む者にも道は照らし出されている。こうした「教養」は、本を繙くだけでは出会えない。読む者もまた、その人自身を生きることが求められるのである。

本書は、一九四二年に新潮社より刊行され、一九六二年にみすず書房より復刊され、さらに一九九八年に新装復刊された片山敏彦氏訳『リルケ詩集』を底本とし、新装版に収められた藤原定氏の解説は省き、若松英輔氏による解説を加えて編んだものです。

元版の文章を尊重しつつ、旧字は新字に改め、必要に応じてルビを追加、削除したところがあります。現代においては、差別的とされる表現が一部見られますが、原文の時代性に鑑み、そのままとしてあります。

訳者　**片山敏彦**　*Toshihiko Katayama*

1898年高知県生まれ。1961年東京都で死去。詩、評論、翻訳など多彩な業績をのこす。著書『片山敏彦著作集』全10巻（みすず書房、1971-72）。訳書に『ロマン・ロラン全集』（みすず書房、1946-66、1979-85）所収の『ジャン・クリストフ』『内面の旅路』、ゲーテ『タウリス島のイフィゲーニエ』（岩波書店、1951）、A. モロワ『文学研究』（新潮社、1951）、リルケ『果樹園』（人文書院、1952）、H. リード『クレエ』（みすず書房、1954）、カロッサ『老手品師』（養徳社、1957）ほか。訳編『世界詩集』（アポロン社、1960）ほか。

解説　**若松英輔**　*Eisuke Wakamatsu*

1968年新潟県生まれ。批評家、随筆家。慶應義塾大学文学部仏文科卒業。2007年「越知保夫とその時代 求道の文学」にて第14回三田文学新人賞評論部門当選、2016年『叡知の詩学 小林秀雄と井筒俊彦』（慶應義塾大学出版会）にて第2回西脇順三郎学術賞受賞、2018年『詩集 見えない涙』（亜紀書房）にて第33回詩歌文学館賞詩部門受賞、『小林秀雄 美しい花』（文藝春秋）にて第16回角川財団学芸賞、2019年に第16回蓮如賞受賞。

近著に、『詩集 見えないものを探すためにぼくらは生まれた』（亜紀書房）、『霧の彼方 須賀敦子』（集英社）、『光であることば』（小学館）、『藍色の福音』（講談社）、『読み終わらない本』（KADOKAWA）など。

リルケ Rainer Maria Rilke

1875年12月4日、プラハに生まれる。オーストリアの陸軍士官学校を中退、プラハ、ミュンヘン、ベルリンと転居を重ねる。この間詩のみならず小説や戯曲を発表する。1899年と1900年、ロシアへ旅行、詩作へつながる感動を受ける。1901年、彫刻家ヴェストフと結婚。1902年、単身パリに立つ。芸術家の精神をロダンから学び、『新詩集』（1907）へと結実、1910年、パリ生活の孤独な悲しみと憂鬱を小説『マルテの手記』に書く。第一次大戦後、1921年、スイスに移り、詩集『ドゥイノの悲歌』『オルフォイスへのソネット』を完成させる。1926年12月29日、白血病の悪化により死去。

リルケ詩集

二〇二五年四月六日　第一版第一刷発行
二〇二五年八月五日　　　　二刷発行

著　者　リルケ
訳　者　片山敏彦
解　説　若松英輔
発行者　株式会社亜紀書房
〒一〇一-〇〇五一
東京都千代田区神田神保町一-三二
電話〇三（五二八〇）〇二六一
https://www.akishobo.com
装　丁　たけなみゆうこ（コトモモ社）
装　画　台町さや香
印刷・製本　株式会社トライ
https://www.try-sky.com

Printed in Japan
ISBN978-4-7505-1869-5 C0098

若松英輔の本　新刊

詩集
見えないものを探すために　ぼくらは生まれた

生きていくために、言葉が必要だった。そんな思いを持つ人にこの詩集を捧げる。ＮＨＫ「100分de名著」人気講師がつむぐ、見知らぬ誰かに宛てられた、たましいからの手紙。

四六判変型仮フランス装一〇四頁
ISBN978-4-7505-1865-7
定価一二〇〇円＋税

探していたのはどこにでもある
小さな一つの言葉だった

お金では買えない「人生の富」はどこにある？

「手放す」「信じる」「応答する」「聞く」「読む」「書く」

…小さな言葉から、深く生きるためのヒントを照らす
エッセイ集。人気画家・西淑の美しい絵とともに贈る。

日本経済新聞で話題の連載「言葉のちから」書籍化

四六判上製一六四頁　カラー一一二頁
ISBN978-4-7505-1857-2
定価一六〇〇円＋税

新編 志樹逸馬詩集

若松英輔 編

大きな困難の中にあって、生きることの喜びと光を求め続け、言葉を紡ぎ続けた伝説の詩人・志樹逸馬による、キリスト教信仰に裏打ちされたひたむきで純粋なことばたち。長く入手困難だった詩作品が、ついによみがえる。

四六判並製二八八頁
ISBN978-4-7505-1624-0
定価二三〇〇円+税